성연 시인선 4 _____

김명길
시조집

진목
眞木

도서
출판 성연

| 자서 |

넉걸이 진목眞木 시조집이다. 모두 연시조連時調와 가사歌辭이다. 호박은 봄에 심어서 가을 서리가 내릴 때까지 따 먹는다. 농부는 봄부터 씨앗을 뿌리고 가꾸었다가 가을걷이를 한다. 나도 시조를 뿌리고 심었다가 한참 늦게야 거두어들인다. '시와 늪', '시조미학', '노령문학', '문예시대', '한맥문학', '영호남문학' 등에 발표했던 시조를 넉가래로 호박 덩굴 넉걸이 하듯이 긁어모아 펴낸 시조집이다. 진목眞木이다.

시조는 민족의 얼과 혼이 깃든 문학이다. 삶의 노래다. 세상살이 노래다. 인생행로의 노래다. 막걸리도 한 잔 마시며 읊은 노래다. 시조는 노래[唱]이다.

'진목眞木'은 '참나무정', 곧 고향 마을이다. 조선 성종 초부터 조상 대대로 살아왔고 조상이 묻혀있는 마을이다. 그곳에는 그리운 향수가 있다. 매화꽃 피고 팽나무 참나무들이 살고 있다. 진목 시조집은 3장 6구의 운율을 철저히 지켰다. 3장 6구 12음보 45자이다. 자유시의 자유분방한 형식을 따르지 않았다. 전통을 지키고 싶어서다.

창작은 주로 연시조聯詩調다. 하고 싶은 이야기가 많아서다. 역사를 소재로 한 작품은 진솔한 마음을 담았다. 시어詩語는 토박이말을 찾아 쓰려고 노력했다.

곳곳에 흩어져 잠자고 숨어있던 시조들을 그러모아 주신 분은 '시와 늪 배성근 회장님'이시다. '넉가래'는 흩어진 곡식을 한곳에 밀어 모으는데 쓰는 기구이다. 긁어모으는 역할을 해주셨다. 그래서 늦게야 넉걸이 '진목'이 세상 빛을 본다. 배 회장님께 진심으로 감사드린다.

시조시인 **김명길**

3부. 세한도 歲寒圖

4부. 살여울 삶

5부. 만인의총

6부. 축제마당

7부. 농자천하지대본

8부. 진목별곡

김명길 시조 평설

문학에도 여러 갈래가 있는데, 김명길 시인은 유독 우리 시조에 관심을 갖고 천착하였다. … (중략) … 그 작품들을 통람해 보니, 우리의 역사를 소재로 한 작품이 돋보이고, 향토의식이나 향토애 정신을 형상화한 작품이 많았다. 작품의 소재는 자연과 인간으로 나누어볼 수 있는데, 자연경관이나 자연미를 추구하기보다는 더불어 사는 인간의 삶에 관심을 더 기울인 것 같다. 시조가 인간의 생활이 되고 인간의 생활이 시조 형식으로 나타난 것 같다. 그래서 '시조생활'이란 용어도 생겨났던 것이다. 단시조보다는 연시조 쪽에 무게를 두었는데, 그만큼 호흡이 길고 할 이야기가 많다는 것을 의미한다. 이러한 전제 아래 실제로 작품을 정독하면서 새로운 의미를 찾고 가치를 부여해 보고자 한다.

원용우(시조시인)의 '김명길 시조 평설'
〈진목마을에서 용이 태어나다〉 중에서

| 1부 |

참나무정 마을

참나무정 마을

천황봉 흐른 줄기 올곧게 뻗어내려
초가집 오손도손 정겨운 삶의 터전
산줄기 효자비각 서 있는 참나무골 진목정

뒷동산 참나무들 효자 묘 에워싸고
애달픈 이바구들 가지마다 열려 있네
후덕한 고향의 정을 품고 있는 팽나무

텃논에 자운영 꽃 붉은 꽃잎 뿌려질 때
풀 베는 젊은이들 지게 행렬 붐볐는데
오가는 사람 보기 힘든 늙으신네 생활터

설 추석 명절 맞이 몰려온 자손 가족
온 동네 집집마다 밝은 불 환히 켜고
조상의 음덕을 기리는 아름다운 그 풍속

옛날엔 시끌벅적 웃음꽃 피었는데
우리 집 찾는 이 없는 외로운 적막강산
뿔뿔이 흩어진 육 남매 기다리는 고향집

고향집 1

초가집 오순도순 정겨운 삶의 터전
진목정 집집마다 호롱불 환히 켜고
후덕한 고향의 정이 꽃피었던 그 옛날

어릴 적 높디높은 섬돌이 낮아졌고
온 가족 모두 떠나 홀로 된 고향집은
저 혼자 외로움 되새기며 빗물 줄기 스몄네

드넓은 마당 뜰엔 잡초가 무성하고
팽나무 뽕나무들 멋대로 자리 잡고
뒷마당 머위대 군단 으스대며 자라네

설 추석 고향 찾던 육 남매 오지 않고
웃음꽃 피어나던 그날이 그리워서
고향집 적막감에 쌓여 흐느끼는 고요함

고향집 2

무성한 잡초들이 지붕을 제압하고
툇마루 널브러진 온갖 것 삶의 체취
어머니 손때가 묻은 가구마다 거미집

하얀 밤 지새도록 어머니 길쌈 바구니
호롱불 가물거린 창호지는 간 곳 없네
진목정 고향집 안방 도란거린 적막감

초가집 새마을운동 기왓장 얹혔지만
한쪽 벽 무너지고 물샌데 이곳저곳
서재 방 손때 묻은 책들 먼지 속에 잠자네

고향집 3

어릴 때 내 살았던 진목정 고향 마을

섬돌엔 고무신 한 짝 보이지 않고 군불 땐 굴뚝 연기 한 줄기 없는데 나는 붓방아만 찧는다 그 옛날 섣달그믐 삭풍 몰아치는 흰 눈이 소복소복 쌓인 길고도 긴 밤 시끌벅적 육 남매 이야기꽃 피우면 졸고 있는 호롱불이 춤을 추고 지붕 위 용마루가 들썩들썩 토종닭 홰를 치며 세 번 닭 울 때까지 웃음소리 고샅길에 울려 퍼졌었네 찌그러진 대문을 활짝 열었지만 반겨주실 어머니 모습 보이지 않고 뽕나무 팽나무 매실 살구 온갖 나무들과 이름 모를 풀들이 제집인 양 마당에서 키 재기 시합 놀이를 하고 있네 처마 밑과 마루 위에는 호미 괭이 쟁기 써레 도끼 낫 홀태 이리저리 나뒹굴고 널브러져 녹슬어 망가지고 볼품없는 폐농기구 우리 집 찾는 이 없는 외로운 적막강산

도시로 흩어진 식구들 기다리는 고향집

매축지 마을

방문 열면 골목길에 마당도 손바닥만
밥 지을 부엌 살강 화장실 없는 집들
게딱지 다닥다닥 붙은 판잣집들 매축지

일제의 대륙침략 야욕에 불탄 왜적
부산 바다 묻어가꼬 만든 땅 매축마을
실려 온 전쟁물자들 쌓아놓은 산더미

짐 나른 말들이 잠자고 쉬는 곳에
6 · 25 동족상잔 전쟁 피해 모여든 곳
피난민 북적북적 마구간 고향 떠난 사람들

진시장 지게벌이 밥벌이 고무공장
화물선 부둣가에 막벌이 뜬벌이들
새벽녘 두어 평 판잣집 나가 별하늘에 집에 와

경부철도 도심 큰길 둘러싼 오지마을
'50년대 우리들 삶 고단했던 이바구들
매축지 떠날 수 없는 할매 할배 산다네

메밀꽃 피는 마을

산허리 고불고불 한 폭의 수채화 길
산자락 가로질러 열 고개 넘고 넘어
산골길 흐드러지게 핀 봉평장길 메밀꽃

하룻밤 풋사랑을 못 잊는 장돌뱅이
대화장 가는 길목 산허리 너른 들녘
새하얀 눈송이 이고 있는 한밭 가득 메밀꽃

가뭄 때 심는 곡식 민초民草들 구황작물
허기진 배를 채운 메밀묵 메밀옹이
하얀 꽃 바람결 따라 하늘거린 메밀꽃

팽나무

참나무 언덕배기 효자비 거느리고
네 아름 원등치에 박수피朴樹皮 굵은 가지
팽나무 아우러진 몸 전설 가지 열렸네

불볕 한낮 더위 시원한 팽나무 밑
오가는 사람마다 화사한 이야기꽃
후덕한 거목잔등에 효자 전설 얽혔네

무서리 내린 들녘 황금빛 일렁이면
홍갈색 열매열매 효자비 맺혀있네
노란빛 실가지마다 울어대는 까치들

느티나무

참남정 푸른 전설 가지마다 열려 있고
후덕한 고향의 정 알알이 품었다네
애달픈 마을 사연을 먹고 자란 장수목

세조 때 이시애 난 평정한 적개공신
뒷산에서 뽑은 나무 우공禹貢이 심은 뜻은
그 마음 잘 가꾸어서 일가친척 우애라

조상들 그늘 속에 푸른 꿈 펼쳐내니
오가는 사람마다 느끼는 포근한 정
고향 땅 지키는 느티나무 천연기념 281호

참나무

내 고향 참나무정 뒷동산 참나무숲
겨울잠 화들짝 깬 오월의 푸르름 속에
가슴 속 생채기 속살은 곤충들의 안식처

상수리 흐른 수액 곤충들 먹거리 전쟁
갑충류 장수풍뎅이 황오색 알락나비
갈개꾼 말벌 쌩이질 참나무 숲 대소동

첫서리 내리는 날 도토리 무르익고
뭇발길 생채기에 밀알들 떨어진다
참나무 포근한 사랑은 나무 중의 참으뜸

생채기

도토리 오손도손 무르익어 매달리면
참나무 몸통마다 바윗돌 얻어맞고
생채기 나는 곳마다 눈물 줄기 샘솟네

푸른 잎 상수리나무 향긋한 줄기 수액
풍뎅이 장수하늘소 온갖 나방 사슴벌레
흐르는 눈물 맺힌 곳 곤충들의 격전지

가실 볕 내리쬐는 참나무 우거진 숲
도토리 데굴데굴 나뒹구는 나들잇길
갈바람 산들거리는 숲길 속의 풍요함

내 고향 참나무정 우거진 참나무 숲
목초액 냄새 따라 몰려든 나그네들
도토리 한 움큼 머금은 날다람쥐 삼형제

문복산

소슬한 가을바람 낙엽이 흩날리고
산속 길 굽은 도로 정겨운 고향 간 길
스쳐 간 산간마을 집집이 떠오르는 얼굴들

산자락 휘어진 길 오르고 올라서니
고향 정 듬뿍 담긴 문복산 산골 마을
감나무 가지마다 매달린 붉은 홍시 고향초

노랫소리 흘러내린 산자락 깊은 곳에
나그네 향락객享樂客들 흥겨움 소리 높고
세상사 고달픈 인생 하루해가 저무네

삼동三童굿놀이*

백중날 세 마을에 삼동굿 놀이마당
논농사 풍년 기원 농부들 소원 몰이
벼 포기 세 벌 김매기 마친 호미씻이 머슴 날

닭 벼슬 형상 이룬 계룡산 장태봉과
지네의 형국 닮은 동쪽 약산藥山 산자락들
삼괴정 지네 밟기 놀이 삼성三姓동자 지키네

삼동굿 가락 따라 벼 포기 춤을 추고
신명 난 굿쟁이들 어깨춤 절로 난다.
마을의 번영을 빈 흥겨운 굿판 농악 삼동굿

* **삼동굿놀이**: 전북 남원시 보절면 고양리 민속놀이

| 2부 |

경기전 와룡매
慶基殿 臥龍梅

매화축제

섬진강 물살 향해 산자락 굽이친 곳
흥겨운 농악 소리 신명 난 굿판 속에
매화꽃 가지마다 흐드러지게 열려 있는 웃음꽃

소복한 여인인 양 다소곳 활짝 웃고
흰 매화 꽃잎 사이 화사한 자태들이
꽃바람 휘몰아치며 무르익은 잔칫상

백운산 잔설 녹아 조잘댄 계곡마다
활짝 웃는 만첩분홍 매화 어우른 아름다움
사람들 몰려든 골짜기마다 어우러진 매화꽃

순매원 시와 늪 꽃잔치

토곡산 흐른 정기 산자락 끝에 모여
벼랑길 비탈밭에 매화밭 매실 동네
순매원 흐드러지게 핀 매화꽃들 춤추네

꽃가지 그늘 밑에 매향梅香에 취한 인파
시와 늪 꽃잔치들 올곧은 선비 문인
시 낭송 울려 퍼진 시구詩句 소리 예술 꽃피네

책 나눔 손길마다 전하는 선비정신
매화꽃 한 아름에 웃음꽃 활짝 피고
시와 늪 책 구절마다 자연사랑 숨 쉬네

철길 옆 울타리에 걸려 있는 시화 그림
꽃향기 어우러진 걸개그림 빙자옥질氷姿玉質
어마나 매화꽃 가지마다 열려 있는 시와 늪

만첩홍매 萬疊紅梅

섬진강 강기슭에 꽃잔치 흥얼대고
은은한 매향梅香따라 백운산이 춤을 추네
새봄을 몰고 온 꽃봉오리 온누리에 펼치네

꽃잔치 먹거리와 꽃숲 묻힌 선남선녀
꽃분재 만첩홍매 쇠사슬 감아 엮어
꽃나무 장마당 가득 팔고 사는 꽃시장

홍매화 한 그루가 울 옥상 시집왔네
꽃송이 몽실몽실 꽃 웃음 만첩홍매
온 가지 엉킨 줄기에 매어달린 매실들

매향 梅香

온몸이 으슬으슬 감싸는 겨울 끝자락
꽃망울 보풀보풀 부풀은 젖몽우리
손대면 툭 터질 것 같은 매화 가지 꽃 가슴

간밤에 세찬 삭풍 되돌린 겨울 날씨
살갗을 파고드는 매서운 꽃샘추위
화사한 웃음 웃는 자태 곱살스런 매화꽃

대문 밖 딴통같은 사랑의 아내 꽃밭
세 아들 키우듯이 걸탐스레 손질하네
밑거름 포기마다 퍼주고 매만져 준 마음 꽃밭

꽃 화분 매화 한그루 꽃망울 터뜨리고
가지가지 꽃봉오리 활사하게 웃고 있네
은은한 매향梅香 사립문 열고 진목가眞木家를 휘감네

한복을 곱게 입은 청결한 꽃의 여인
첫사랑 애틋한 마음 다소곳한 꽃잎마다
매향에 취한 꽃벌 한 마리 꽃송이에 입 맞추네

청매화

으스름 꽃샘추위 온몸을 휘감은데
꽃망울 젖몽우리 열렸네 매화 가지
마음속 풀어헤치고 활짝 웃는 청매화

사립문 큰길가에 꽃 화분 오손도손
소복한 여인마냥 화사한 꽃송이들
청매화 흠뻑 내뿜는 향기 오간 사람 퍼주네

청초한 청매青梅여인 가슴속 안겨들어
꿀 따는 꿀벌마다 첫사랑 도취되어
오가는 꽃봉오리마다 사랑 노래 꽃 벌들

표유매 摽有梅 *

십 년 전 여린 매화 고향집 옮겨 심고
이제 사 세 얼굴을 만나게 되었구나
푸서리 쑥대밭 속 우뚝 선 빙기옥골 氷肌玉骨 선비네

세월의 흐름 따라 의젓한 세한군자 歲寒君子
손자놈 불알만 한 열매가 주렁주렁
짐씨네 집 전설들이 가지마다 올망졸망 열렸네

시경 詩經 속 매실 열매 일곱 갠가 세 개인가
청매실 초롱초롱 반가운 얼굴들을
매향을 광주리 가득 담은 아내와 나 표유매

* 표유매 摽有梅 :시경 국풍 國風 소남 召南 에서 읊어지고 있는 매화

경기전 와룡매 慶基殿 臥龍梅*

조선朝鮮의 태조어진 살아 숨 쉰 경기전
그 옛날 모진 세월 가득 담아 머리이고
바지게 조상 숨결 가득 등짐 지고 온 민족

등골이 빠지는 듯 휘어진 허리춤에
한 줄기 매화 망울 꽃봉오리 송골송골
질곡桎梏의 한 많은 세월 살아 꽃 핀 와룡매

꽃샘추위 고추바람 이겨 낸 매화꽃이
파르르 떨고 떨며 함성을 외친 뜻은
허리띠 졸라매고 힘든 역사 능선 달렸네

경기전 온갖 풍상 한 몸에 끌어안아
등줄기 굽은 울 엄마 고매한 마음 담아
경기매慶基梅 화사한 눈웃음 꽃 활짝 웃는 와룡매

옥 같은 마음 가득 성깃한 꽃송이들
자비심慈悲心 온몸 가득 이고 지고 피었다네
노매老梅는 내 오매 닮은 허리 굽은 와룡매

살바람 가득 안고 봄소식 전령사 되어
매향梅香을 흠뻑 뿌리네 가슴속 조선 숨결
꽃 여행 오가는 인파 속 다소곳한 와룡매

* **경기전 와룡매**: 전주의 조선 태조 어진과 조선왕조실록이 있는 곳으로
　와룡매가 심겨 있음.

벗꽃멀미

나목의 벗꽃 망울 봄바람 불어오면
화들짝 웃음 짓는 가로수 벗꽃 나무
온 천지 가는 곳마다 꽃물결이 춤추네

꽃가지 흔들리면 진해는 인산인해
밀려든 나들이객 빠져든 벗꽃 송이
꽃 무리 내뻗치는 꽃 빛깔 환호하는 관광객

꽃바람 살랑살랑 휘둘린 꽃눈개비
꽃보라 흔들바람 함박눈 쌓인 꽃잎
꽃놀이 구경꾼 인파 벗꽃 멀미 빠졌네

정묘사* 배롱꽃

짙푸른 불볕더위 홍염을 뿜어내어
진분홍 송이마다 조상들 번뇌 담아
장엄한 정열의 정신 꽃피우는 배롱꽃

늙어진 고목 등걸 밑둥치 자라남은
삿기친 새 가지에 시조始祖얼 되새겼네
청심淸心한 해탈의 경지 깨달음의 배롱꽃

백일홍 붉은 꽃잎 백날을 꽃 피운 뜻
꽃송이 조상 음덕 송글송글 맺혀있네
정문공 묘지 앞 팔백 살 화들짝 핀 배롱꽃

* **정묘사**: 부산 양정동 동래정씨 시조묘

대추꽃

시샘 많은 꽃샘추위 휘몰아 몰려와도
앙상한 나뭇가지 매화꽃 송골송골
산과 들 물오르면 쏘옥 고개 내민 새아기

훼방꾼 잎샘추위 온종일 들락날락
온갖 꽃 활짝 웃고 꽃비를 내려주고
숲정이 부산스런 푸른 잎 잔치 끝난 끝장에

깊은 잠에서 배시시 일어난 대추나무
가지 끝 새 가지 한바탕 기지개 켜고
연초록 달걀 같은 잎 생명 소리 울리네

아기별 녹음 유월 대추꽃 좁쌀만 해
올망졸망 함초롬히 줄지어 매달린 꽃
자잘한 꽃송이 옹기종기 담뿍 담은 웃음꽃

늦깎이 부끄러워 작은 꽃 새끼손톱
느림보 대추꽃은 가지에 주렁주렁
꽃향기 전하자마자 좁쌀만 한 풋대추

풋대추

늦깎이 대추나무 갈맷빛 잎을 펴고
기지개 켜는 가지 새순이 돋아나고
떼 지어 핀 아기별꽃들 올망졸망 줄 섰네

일찍 핀 꽃송이에 보리 알 대추 열렸고
빗방울 떨어지면 대추는 안 열린다네
그 많은 꽃송이 주렁주렁 열린 대추 20여 개

비바람 장미 태풍 세차게 흔들어도
가녀린 새순 가지 송골송골 대추 열매
초록빛 손가락 마디 작은 열매 다 따 먹은 밤손님

동백꽃 1

앙상한 나뭇가지 찬바람 휘감으면
살포시 꽃봉오리 젖가슴 동글동글
그날을 손꼽아 기다리는 하얀 머리 울 엄마

동백꽃 활짝 피면 온다던 자식새끼
동짓달 섣달그믐 열 번도 넘겼는데
소식도 무심한 아들 눈 빠지게 기다려

아들에 맺힌 한恨이 가슴속 자리 잡아
가난이 원수로다 눈물 맺힌 엄마 마음
눈보라 세차게 휘몰아친 겨울밤이 얄밉다

푸른 잎 나뭇가지 동백꽃 포동포동
애절한 울음소리 꽃가지 걸어놓고
꽃송이 흐드러지게 피었다 열어놓은 사립문

동백꽃 2

차가운 대한 추위 온몸을 떨게 한데
동백꽃 망울망울 부풀은 꽃몽우리
동글붓 동글반반히 동백 가슴 꽃송이

지난밤 세찬 삭풍 창문을 두드리고
살갖을 파고드는 추위가 기승을 부리네
동백꽃 화사한 웃는 모습 고운 자태 꽃여인

몰운대 동백동산 붉은 꽃 동백꽃 숲
촘촘히 걸려 있는 꽃봉오리 웃는 모습
붉은 피 한恨을 가득 안고 환생하신 산다화山茶花

하얀 한복 곱게 입은 청결한 동백 여인
수줍은 듯 하얀 소복 청초한 꽃송이들
갓밝이 햇살 받은 동백화 함초롬한 그 모습

포공영蒲公英

희디흰 민들레꽃 금빛 햇살 가득 받아
생명꽃 끈기의 한恨 가슴속 되새기며
내 살던 고향 밭이랑 소담스레 피었네

고샅길 노랑 민들레 발길에 짓밟히고
짐수레 구른 바퀴 잎줄기 짓이겨도
뿌리 끝 깊고 깊은 곳 뿌리내린 민초꽃

돌담길 돌 틈새에 민들레 앉은뱅이
오가는 보도블록 찻길 틈새 생명력生命力 꽃
척박한 끈질긴 세상살이 꿋꿋이 산 포공영蒲公英

짓밟힌 꽃대 솟아 사랑의 솜털 꽃씨
바람이 속삭이면 꽃씨들 하얀 웃음꽃
씨앗이 훌훌 날아가 뿌려주네 민족한民族恨

| 3부 |

세한도
歲寒圖

신세한도 新歲寒圖 1

옛적엔 동래 서면* 한적한 논밭인 곳
지금은 빌딩 숲이 하늘 높이 솟아있네
오거리 십자로 섬들 외로이 선 노송들

조경사造景師 인공조림 고송古松들 옮겨 심어
밤에도 대낮 같은 네온사인 밝은 불빛
뭇 세파 인간 물결 속 향수 어린 산자락

폭포수 쏟아지는 자동차 홍수 속에
하늘을 뒤덮이는 매연의 소용돌이
침엽수 숨구멍조차 막혀버린 애잔함

* **서면**: 부산광역시 부산진구 서면로터리

신세한도 新歲寒圖 2

낙동강 흐른 물결 갈뻘밭 너른 들에
철 따라 찾아오는 뭇 새들 날아든 곳
무수히 펼쳐 날아오르는 온갖 새떼 날갯짓

철새들 보금자리 휘돌아 감싼 찻길
깡마른 소나무들 수십 차 끌려 와서
한 줄로 나란히 심어진 겨레 나무 소나무

새들의 노랫소리 낙동강 갈바람과
오가는 차들마다 내뿜는 매연들이
고향 산 그리움에 젖어 울고 있는 소나무

강 건너 아파트촌 새 도시 들어서고
붐비는 차량 홍수 숨 막히는 강나루에
소나무 길목 따라 외로이 줄 서 있는 세한도

신세한도 新歳寒圖 3

초라한 집 한 채에 배움꽃 십순동리＋旬凍梨
희망꽃 책보 가득 둘러멘 황혼 학생
외로운 추사 세한도에 구름처럼 모이네

빈곤의 악순환이 휘감던 보릿고개
이제 사 칠순 황혼 배움길 걷고 있네
허름한 집 한 채 그려있는 배움꽃 핀 세한도

혹한의 추운 겨울 소나무 푸르르고
배움에 굶주렸던 노인정 할매 할배
깨우친 곧은 삶 세계 칠순 황혼 세한도

세한도 歲寒圖 천년송 千年松

세한도 추사 화폭 처량한 두 그루 소나무
천년송千年松 늙은 가지 지난해 세찬 태풍
센바람 큰바람 싹쓸바람 세한도에 불었네

잔가지 몽땅몽땅 꺾이고 꺾이었네
정적의 모진 풍파 온갖 격랑 소용돌이
활개 친 목소리 천지진동 죄인 생활 적거지謫居地

세한도 천년 노송 황장목 속고갱이
죄인 몸 서예 학문 갈고닦은 추사체라
필묵의 올곧은 선율 주목 같은 세한도

거친 선 붓 길 따라 그려진 천년나무
9년간 귀양살이 시달린 흔적이라
억울한 유배 생활 위리안치 천년송에 비추네

추사적거지 秋史謫居地

대정읍 추사적거지 밖거리 앉아보니
죄인 몸 유배 생활 억울한 유리안치
귤중옥橘中屋 추사체 탄생 세한도의 천년송

안거리 제자주인 모거리 별채기거
쉐막- 외양간 소 돗통시 흑돼지 방
가물에 콩 날 듯 말 듯 지나치는 관광객

죄인 몸 대정현에 제자들 길러내며
학문을 갈고닦은 밖거리 사랑양반舍廊兩班
모거리 추사 안 보이고 벼루 먹만 가득해

수덕사

별들도 잠든 새벽 가람 숲 들어가니
희미한 방범등만 외로이 비추오고
어두워 둘러볼 길 없어 불 켠 곳만 찾는다

백제의 전설들을 가슴속 새겨 안고
덕숭산 허리춤에 대가람 감싸 안아
뭇시선 모두 끌어모아 부처형상 스님들

견성암 오르는 길 새벽 별 번뇌의 길
육중한 대웅전은 비구니 오도悟道마당
이 세상 인연을 끊어 버리고 염불삼매 여승들

어둡던 산자락이 여명黎明의 빛이 들자
드넓은 마당 뜰에 온 스님들 빗자루 들고
속세의 온갖 번뇌들 쓸어버린 스님들

창동을 거닐다

시와 늪 동인들이 창동을 거닐던 날
대동미 조창 가득 마산포구 쌓여 있고
풍요한 문화역사 골목마다 격양가를 부르네

골목길 구석구석 조상의 얼 살아 숨 쉬고
옛 임의 발자국 소리 들려 온 불종거리
젊은이 몰려온 곳마다 찬란한 골목문화

천년의 흐르는 물 오롯이 간직하고
몽고병 왜국정벌 4 · 19 함성소리
서로가 어우러지고 뒤섞여 손때 묻은 창동길

승발송행 僧拔松行 *

용원의 우리 집 앞 솔나무 가로수길
벚나무 짝을 이뤄 동네걸 이집 왔네
산자락 그리워하며 외로움을 되씹네

봄이면 새순들이 소록소록 돋아나고
노오란 송홧가루 여기저기 흩뿌릴 때
길가에 줄지어 선 자동차들 노란 옷을 입혔네

송순松筍이 우뚝 자란 무더운 칠월 한낮
푸른 솔 청솔가지 굵은 가지 할 것 없이
가라지 잡초를 뽑듯 싹둑 자른 솔가지 *

선비의 솔잎 상투 톱날에 조각나고
옷자락 발가벗긴 소나무 나신裸身의 몸
오호라 솔나무 민족정기 뿌리 뽑힌 배달혼

* **승발송행**(僧拔松行): 정약용 시 '스님이 소나무를 뽑는구나'
* 2017년 7월 용원 가로수 소나무 가지를 모두 잘라 솔잎 하나 없는 나신
  (裸身) 가로수가 되었음.

면앙정 俛仰亭

봉산면 제월봉 벼랑 가파른 오르막길
면앙정 신평선생新平先生 반가이 맞아주네
옛 선비 호남제일 가단歌壇 강호가도 풍류객

제자들 몰려들어 연식燕息한 가사토론
정자 속 시문 열기 문학꽃 홍염紅焰이네
제월리 면앙정가는 가사 문학 효시라

정자 앞 넓은 들판 농부들 비닐하우스
여계천 사라지고 기러기 오지 않네
옛적의 시인 묵객들 꿈속에서 만날까

문학기행

망팔(望八)을 등에 지고 달려가는 문학기행
화당*이 열여섯 살 졸업장 받아든 곳
무학산 정기를 받으며 모교백년* 서 있네

그 옛날 갑돌이랑 뛰놀던 넓은 마당
배움샘 용안초등 추억들 숨어있네
동기는 간 곳이 없고 훌쩍 자란 나무들

교정 안 울려 퍼진 정다운 시구(詩句) 소리
서른셋* 조무래기 눈망울 올망졸망
화당 시 오륙도 시 낭송 숙연해진 배움뜰

푸른 꿈 새록새록 억만년 길이길이
영원한 삶의 교육 대한의 희망이네
얼, 꿈, 덕 아리랑(我理郎) 아라리 용안 교육 빛나네

* **화당**: 시인 류수인
* **모교백년**: 용안초등 개교 100년 시비
* **서른셋**: 용안초등 전교 학생

서도역

시커먼 석탄 연기 쉼 없이 토해내며
요란한 소리치며 오가던 증기기차
끊어진 철길 옆 덩그러니 자리 잡은 서도역

효원이 시집온 날 붐비던 철길 위엔
녹슬은 레일들이 햇볕을 나긋이 받고
혼불을 찾아오는 사람 맞이하는 서도역

역무원 하나 없는 대합실 벽 바닥엔
그 옛날 승객들의 낙서들이 꽃 피우고
적막감 온종일 되새기며 외로이 선 서도역

| 4부 |

살여울 삶

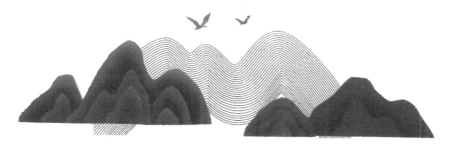

아내의 칠순 날

함박눈 소록소록 쌓이는 입춘날에
홍군紅裙 치마 녹색 저고리 곱게 입고 시집왔네
시부모 신행 우귀례于歸禮 폐백대추 올렸네

푸르른 꿈을 안고 낯설은 타관바치
한 칸 집 재피방에 신접살림 애옥살이
불타는 사랑 열기 속에 녹아내린 행복꿈

삼 형제 알뜰살뜰 오롯이 길러내고
애간장 끌어안아 한살매 달려왔네
아내의 걸쌈스러운 살림살이 빛났네

참사랑 함초롬히 화들짝 꽃피우고
다섯 모 손자손녀 재롱꽃 흥겨웁네
칠순 날 가온들찬빛 마음 놓은 뒷고생

동지팥죽 1

악귀를 쫓아내는 동짓날 붉은 팥죽
사당에 팥죽 그릇 차례를 지냈었네
붉은 죽 방 부엌 성주 조왕 두루 뿌린 악귀 땜

음기가 강한 이날 팥죽이 액운 쫓았대
옹심이 먹는 만큼 나잇살 복이 온대
해 짧아 기나긴 밤을 동지시식冬至時食 먹세나

태양이 부활하고 작은 설 부른 것은
만물이 회생한 날 한 곳 모인 일가친척
새 버선 동지헌말冬至獻襪 풍속 배달계레 예지네

동지팥죽 2

하야안 눈송이가 흩날린 동짓날에
초가집 지붕마다 소록소록 쌓이는 눈
처마 끝 나란히 줄지어 매어달린 고드름

처마 안 절구통은 쌀 찧는 절굿공 소리
채를 흔들 때마다 흰 가루 산이 되고
안반에 둘러앉아서 새알 빚은 육남매

어머니 가마솥에 장작불 활활 피워
펄펄 끓는 팥물 속에 새알심 넣으시면
두둥실 매화 꽃잎처럼 피어오른 꽃송이

육 남매 옛날 옛적 와자지껄 먹던 팥죽
이제는 오지 않는 고향집 적막강산
동짓날 내외 빚은 옹심이 끓여 먹는 쓸쓸함

아버지는 효자였네

한가위 불볕더위 할머니 환갑잔치
온 동네 마을 사람 온종일 흥겨웠네
어머니 하늘같이 모신 효자 아들 아버지

잔치 끝 초가을 밤 쓰러진 할매 업고
삼십 리 읍내 병원 단숨에 달려갔네
큰 병원 가야 고친다지만 돈이 없는 아버지

이름난 한약방을 방방곡곡 찾아가서
약봉지 엮은 묶음 걸빵에 짊어지고
약탕기 달이는 지극정성 약사발 든 아버지

한약 짠 손가락들 데이고 헤어져도
처방전 약봉지들 시렁에 쌓여 있고
도지사 표창장에 새긴 글 효자였네 아버지

섣달 길쌈*

동장군 몰고 오는 섣달이 문을 열면
설빔 옷 손질하는 며느리 손길마다
온종일 시어머니·시누이 옷감 손질 버선발

빨랫돌 묵은 빨래 산더미 쌓여 있고
냇가의 세찬 바람 맵차게 휘감은 몸
두드린 빨랫방망이 손가락뼈 얼음 손

바쁜 몸 첫닭 울이 부엌에 불을 지피고
절구통 방아 찧어 유과 쌀 담가 놓고
감주甘酒를 체에 걸러 조청 곤 엿 하루해

그믐밤 다가와도 길쌈일 한이 없네
호롱불 타는 불빛 어둠 속 갇혀 있고
그믐날 그믐칠야漆夜에 부르트는 입시울

* **섣달 길쌈**: 1960년대 초까지 농촌의 풍경.

금줄

그 옛날 마을마다 대문에 금줄 치면
온 마을 골목 집집 아기들 울음소리
대문 안 성스러운 곳 생명 탄생 알렸네

삼三과 칠七 숫자 잡귀를 막는다고
세이레 걸어두는 주술적 풍속일세
하지만 영아의 배꼽 아문 시일 21일

진목眞木이 태어난 날 왼 새끼 길게 꼬아
숯덩이 빨간 고추 아버지 금줄치고
아기의 신성 공간구역 온 세상 알림 줄

아버진 왼 새끼 줄 여섯 번 매달았지
나는야 아들 세 명 금줄 한번 못 달았네
잊혀 간 전통풍속들 겨레풍속 상징성

어린이집 아기들

세 달 된 갓난아기 오가는 어린이집
돈벌이 헤어지는 어미의 심장 속엔
모정의 불같은 푸른 꿈 타오르는 사랑꽃

엄마의 자애로운 품 안을 떠나기 싫어
울음보 터뜨리며 항거를 하건마는
장난감 놀이에 빠져드는 천진난만 아기들

엄마의 숟가락 밥 먹기를 싫어하고
밥투정 흠뻑 부리고 반찬 투정 울음소리
아기들 밥상머리 웃음꽃 점심시간 즐거워

이제는 어린이집 익숙해진 단체생활
흥거운 장난 놀이 푸른 꿈 피어나네
어린이 즐거운 놀이마다 나라 기둥 자라네

폐백대추

대추꽃 피는 송이 열매가 가득 열려
휘둘린 비바람과 폭풍우 몰아쳐도
대추알 주렁주렁 열린 뜻 자손 번창 닮으라

아들들 장가간 날 폐백상 빛난 얼굴
대추나무 열매처럼 자손들 곱게 자라
대대로 전해 온 풍속 결혼잔치 빛나네

세 아들 결혼 폐백대추 세 번 던져 준 뜻
가문의 깊은 뿌리 자자손손 번창하라
며느리 집안 첫인사 장만해 온 대추알

한방의 강삼조이薑三棗二 약방의 감초이듯
알알이 영근 대추 살림집 알뜰살뜰
며느리 조화력으로 중화시킨 화목꽃

솔나무 송기죽

어릴 때 갈퀴 들고 지게를 둘러메고
솔가리 긁어모아 바지게 한 짐 가득
방과 후 솔수펑이에 땔감 찾아 헤맸네

새순이 한 움큼만 솟아나 자랄 때면
솔나무 밑둥 잘라 솔보굿 깎아내고
속껍질 보릿고개 넘는 구황 음식 송기松飢죽

송홧가루 가득 모아 송화다식 빚어 놓고
송순은 술을 빚고 중추절 솔잎 송편
겨레의 솔 사랑 음식 조상숭배 한가위

소나무 기둥 세워 초가 삼 칸 집을 짓고
관솔불 솔 장작 지펴 구들장 따뜻하네
화목과 사랑과 우애 속 훈훈한 정 꽃피네

보릿고개

텃논에 자운영꽃 빨갛게 피었을 때
내 형은 가버렸다 돈 벌러 낯선 서울로
아버진 막걸리 사발을 들고 밤새도록 울었다

해마다 봄꽃들이 흐드러지게 피고 지고
허기진 보릿고개 세 번이나 지나가도
내 형의 흔적들만은 찾을 길이 없었다

형님의 편지글은 수년의 세월 뒤에
형수와 조카 놈이 아버지께 전해주었다
타향의 보릿고개 넘기도 어려워 고향집 온 종자宗子놈

당신이 즐겨듣던 라디오 판 돈 몇 푼과
쌀 닷 되 긁어모아 형수 보냈지만 소식 없다
조카가 학교에 다니는데도 오지 않은 형 형수

호주머니 1

어릴 적 귀주머니 세뱃돈 넣어 둔 곳
고운 꿈 갈고 닦아 새싹이 파릇파릇
돋을 볕 새벽을 깨고 희망꽃을 피웠네

지학志學의 푸른 꿈을 가득 담은 두루주머니
입술이 부르트도록 달려온 청소년들
여명을 태동시키는 갈림 길목 젊은이

가족의 삶을 위해 중장년 조끼 입고
식솔食率들 둘러메고 가난한 애옥살이
이제는 삶의 풍족함 누리려는 인생길

노년의 호주머니 넣을 것이 많아져도
새로운 옷자락엔 주머니 없어지고
인생길 황혼 녘 따라 사라지는 빈 지갑

호주머니 2

어릴 적 호주머니 텅텅 빈 곳간이고
젊을 때 주머니는 쪼들린 애옥살이
늙은이 부칠 수도 없는 빈털터리 도짓논賭地-

서리 은휘隱諱

그 옛날 보릿고개 온 마을 내려오면
아이들 간식거리 논밭의 농작물들
떼 지어 애교스럽게 훔쳐 먹는 도둑놀이 서리네

유월 초 보리 망종 산골짜기 이곳저곳
밀 보리 굽는 연기 모락모락 흩날리고
햇보리 구워 비벼 먹는 꿀맛 같은 고소함

여름날 조무래기 시냇물 물장구놀이
밭고랑 살살 기어 주렁주렁 열린 열매
훔치는 참외 서리 수박 서리 가지 서리 은휘隱諱네

산과 들 울긋불긋 오곡백과 황금 물결 출렁이면
콩서리 과일 서리 풍족한 고구마 서리
가을철 마실 까까머리 도둑들은 배 불룩

손주들의 합창

손주들 온다는 말 신이 난 할매 마음
대청소 구석구석 장보기 간식間食거리
계단을 뛰어오르는 소리 시끌벅적 손자들

거실과 큰방 오가며 떠지껄한 한판놀이
계단 등燈 교체공사 장손은 사다리 잡아
지애비 전기등갈이 일손 돕는 강민이

듬직한 다섯 손자 서로 엉켜 어울림은
끈끈한 가족사랑 무르익는 형제사랑
큰 꿈을 가슴 가득안고 달려가는 손주들

흥겨운 놀이장난 손자들 어울 마당
사촌들 한판놀이 즐거움 정겨운 꽃
만나면 어우렁더우렁 새싹 트는 가족애

복숭아

민진이* 한 움큼씩 복숭아 먹은 뒤에
물동이 텃밭에다 씨앗을 버렸다네
새봄에 파란 새싹이 돋아 손녀만큼 자랐네

훈풍이 불어오던 지난해 꽃 피우고
솜털이 뽀얀 망울 올올이 매달렸네
발긋한 얼굴 속마다 감칠맛이 돋았네

도화 핀 올해에는 궂은비 추적추적
가지엔 올망졸망 보송보송 열렸었는데
어쩌나 아기 열매들 해거리를 한가봐

* **민진**: 필자의 큰손녀

포도

세 마디 포도 줄기 꽃 화분 가져다가
하늘 줄기 모아 심고 온종일 가꾼 정성
길고 긴 어른스런 줄기 별빛 같은 청순함

손녀가 기다리는 포도송이 송골송골
하늘이 열려 있는 세 줄기 민진이 꿈
엄마의 젖꼭지 같은 풍성함이 영근다

보라빛 달 덩어리 세찬 물 씻어내어
알알이 다른 맛이 하나씨* 손맛이다
민진이 암팡진 입술 하늘 열매 먹었네

* **하나씨**: 사투리(할아버지)

만인의총
萬人義塚

경순왕릉

휴전선 깊은 곳에 외로이 누워있는
경순왕 왕릉 둘레 철책선 두루치고
곳곳에 카메라 눈동자 휘두르는 살벌함

수수한 봉분에는 곡장曲墻을 둘러쌓아
호석護石 앞 능표陵表 표석 구백 년 후 세워졌네
신라의 마지막 왕 새긴 묘지주인 알림 돌

천년 사직社稷 미련 없이 고려에 넘겨주고
망국의 쓰린 심정 가슴 속 되뇌이며
한스런 일평생 삶 속 깊이 쌓인 망국한

수로왕릉首露王陵

늦가을 단풍놀이 떠나기 하루 전날
번갯불 천둥소리 쏟아진 자드락 비
근심 속 뒤척거린 밤 지샌 아침 산뜻해

빗방울 흠씬 머금은 가락국 수로왕릉
구지가 울려 퍼진 찬란한 철의 나라
포근히 잠들어있다네 대가야 혼 김해 얼

참사랑 멀고 먼 길 찾아온 허황옥 왕비
낯 설은 김해벌판 꽃 열매 보주 태후
물고기 두 마리 노닐고 두상 조각 코끼리

청초한 왕비 사랑 수로왕 함박웃음
철 왕국 선진문화 대성동 꽃잠 자네
해맑은 만추晩秋 하늘 속 들린 소리 구지가龜旨歌

봉치떡

신행길 돌배 타고 한걸음 달려와서
주포촌主浦村 망산도 앞 배 댄 별포別浦 나룻터
보고픈 수로왕 찾아서 거친 바다 왔다네

능현綾峴에 바지 벗어 산신께 바쳤고요
행궁에 다가가서 첫날밤 마주하니
어와~ 둥둥 내 사랑 아름다운 사랑꽃

기이한 파사석탑婆娑石塔 공주의 신행 선물
돌덩이 붉은 반점 콩고물 시루떡이네
봉치떡 시부모 시댁 현구고례見舅姑禮 영원해

만인의총 萬人義塚

그 옛날 보름달이 오늘처럼 밝았었네
햇곡식 차례상을 조상께 올린 날에
왜이倭夷와 목숨을 건 전투 혈풍혈우血風血雨 남원성

나라를 지키려는 관군과 민초들은
삼일 낮 삼일 밤을 죽기로 싸웠건만
삼오야三五夜 휘영청 밝은 달밤 피비린내 남원성

이리 떼 성을 유린 칼자루 휘두르며
성안에 모든 사람 귀 코를 베어 가니
오호라 참으로 잔인한 강상지변綱常之變 남원성

삼종숙三從叔 삼종형제 온 가족 순국 영령
목 잘린 시체들이 나뒹구는 참혹함이여
한 굿일 묻은 큰 무덤 만인의총萬人義塚 남원성

정유년 남원 고을 호국 영령 모셨으니
그날의 슬픔들을 되새긴 참배객들
이제는 편안히 영면永眠하소서 만인 무덤 선열들

정렬사 추모제향

왜구들 임진왜란 전 국토 유린할 때
나주인 삼백여 명 의병대 삽혈歃血 의식
건재健齋의 애국충정 겨레 위한 충성심

호남의 의병부대 수원강화 북상할 때
천일의 백성 의병 수천 명 모여들고
곳곳의 유격전 전투마다 승전고를 울렸네

유월의 진주성은 긴긴날 혈전 혈투
장맛비 성곽손실 대공세 패배함은
조선군 중과부적 싸움 분기탱천 서글피

언양 후예 문열공의 창의사 추모제향
정렬사 모인 빈객 후손들 추모 물결
김천일 창의 427주년* 호국충절 빛나네

* 2019년 6월 18일 정렬사 추모제향(나주시)

황산대첩荒山大捷 파비각*

떼 지어 몰려드는 고려 말 화적떼들
아지발도阿只拔都 앞세우고 살인 방화 약탈했네
양 같은 순한 배달겨레 피비린내 큰 피해

왜구들 노략질과 약탈에 분노하여
석벽石壁에 마랄 올이샤 도자갈 다 자바시어*
이태조李太祖 왜적들 섬멸한 황산대첩 빛나네

한민족 괴롭히고 분탕질한 왜구들은
이성계 활과 칼에 추풍낙엽 떨어졌네
냇물은 붉은 피로 물들어 흘러내린 핏빛 물

그날의 승전고를 비석에 새겼지만
강제점령 일본인들 파괴한 비석 잔해
청사에 잊어서는 안 될 황산대첩 파비각*

* 황산대첩 파비각(작곡: 이주애 / 바리톤: 이석영 / 낭송: 김명길)
  2019년 9월 21일(토) 15시 30분 부산 금정문화회관
  '창작가곡 실내악 발표회'
* 石壁에 ᄆᆞ랄 올이샤 도ᄌᆞ갈 다 자ᄇᆞ시니: 용비어천가 48장 일부.
* 황산대첩 파비각: 전북 남원시 운봉면 깨진 비석을 모아 세운 파비각.

만복사지 萬福寺址*

기린산 흘러내린 곳 터 잡은 만복사는
고려조선 승려 불자 염불 소리 울렸건만
지금은 넓은 가람 터 천년세월 품었네

그 옛날 부처님 계신 만복사 저포놀이
매월당 불공 속에 양생과 하씨 여인
생사生死를 넘나들었던 남녀 간의 참사랑

비바람 모든 세파 눈물로 감춰오고
인자한 둥근 얼굴 곡선의 옷자락 속
만복사 석조여래입상 부처님의 구도네

감로수병 들고 섰는 등 뒤의 음각 여래
구도자 고행 승려 목마름 적셔주는
만복사 약사여래입상 부처님의 은혜네

정유년 왜구 행패 대웅전 불태우고
외로운 탑신석은 오욕汚辱을 머금고요
만복사 오층석탑은 부처님의 분신이네

곳곳에 널려 있는 대가람 옛터 속에
찬란한 민족문화 무참히 짓밟혔고
왜이倭夷의 잔학무도한 상흔 부처님의 눈물이네

* **만복사지**: 사적 제349호 고려 문종 때 남원에 세운 절.
  매월당 김시습의 만복사저포기의 무대. 정유재란(1597) 때 불타 없어짐

정암진 전투

남강물 흘러내려 정암들 펼쳐 놓고
솥바위 우뚝 솟아 갈밭을 가꾸었네
한적한 정암진 나루 밀려오는 왜이倭夷들

물줄기 갈밭 속에 늪지대 감춰 놓고
이리떼 강 건너다 빠지고 허우적거릴 때
불호령 내려지고 비 오듯 쏟아지는 화살 비

뻘밭 속 뒹굴뒹굴 화살촉에 쓰러지고
죽음의 소용돌이 갈대와 춤을 추네
날파람 홍의장군 전략 정암 전투 큰 승리

거름강 갈대들

훈풍이 불어오면 새싹이 소록소록
거름강 물결 따라 무성한 갈대숲은
의병 꿈 깊이 간직한 채 하늘거린 푸르름

유유히 흐른 물속 통나무 밧줄 매고
왜선이 나타날 때 공격명령 홍의장군
의병의 첫 승리 가슴에 안고 지금도 춤을 추는 갈대들

의병장 아내

세간리 골목골목 북소리 천둥소리
십여 명 가솔노비 최초의 의병 군사
왜이倭夷들 가는 곳마다 황폐해진 마을들

곳간 문 활짝 열고 의병군 나눠줄 때
재물을 지키려는 의병 아내 상주김씨尚州金氏
장군의 불타는 애국애족 순응하는 선비 처妻

헐벗은 의병 가족 구름 떼 몰려드네
온 동네 군사훈련 칼바람 세게 불고
휘날린 붉은 옷 홍의장군 무찌르네 왜이倭夷를

옷차림 변변찮은 여인들 처량함에
입던 옷 벗어 주고 망개떡 만드시니
의령 땅 의병들 사기충천士氣衝天 승전고를 울렸네

망개떡

의령의 망개떡은 전시식戰時食 의병 음식
망개잎 따는 여인 싸움터 남편 생각
푸르른 청미래덩굴 잎 홍의장군 부인 뜻

갈밭을 응시하는 의병들 주머니 속
망개떡 한 움큼이 그들의 먹거리네
왜이倭夷를 무찌르기 위해 숨을 죽인 순간들

깊은 산골짜기에 전달된 망개 주먹밥
허기진 배를 달래 왜적을 쳐부수고
배달족 삶의 터전을 지켜주는 병사들

이제는 의령 고을 가는 곳 망개떡 간판
옛날의 정암전투 되새기며 먹어보세
한겨울 골목길 떡장수 망개~떠억 외치네

적상산성

적상산 오르막길 가파른 단풍 숲길
가실볕 따가움에 수줍은 애기 단풍
산자락 펼쳐진 곳에 붉은 치마 둘렸네

타원형 정상에는 푸른 물결 이고 있네
막새 바람 불 때마다 붉은 단풍 흩날리고
길고 긴 나그네 길손들 탄성만이 울리네

옛사람 살던 마을 물속에 잠겼는데
산정에 올려진 물 인간의 예지로다.
무심한 적상 사고 건물만 덩그러니 남았네

선암사 삼층석탑

백양뫼 가파른 길 돌계단 올라가니
소나무 우거진 숲 선암사 극락전 옆
꼬맹이 홀로 서 있는 삼층석탑 외로움

부처님 가르침에 원효 뜻 꽃피운 곳
부처 뜻 심고 싶어 탑신을 깎은 마음
심혈을 기울였건만 옥개석만 3매네

탑신석 기단부와 소실된 상륜부는
몸체를 잃어버린 미니 탑 조상의 얼
발부리 지르밟힐 듯 위태로운 고려혼

감로수 흐른 당감 심신수련 국선화랑
불제자 천년고찰 영가들 불러 모아
탑신을 아로새긴 뜻 극락왕생 하소서

반구대 암각화 1

돌 작살 깎은 뒤에 세차게 몸부림치고
시뻘건 핏물들이 바다를 뒤덮었네
선사인 어부가 끌고 온 산봉우리 몸뚱이

머리는 머리대로 뱃살은 뱃살대로
돌칼이 지나간 자리 속살이 드러났네
움막 속 고래 잔칫상 깊어가는 가을밤

포경선 고래잡이 나약한 노 젓는 배
삶의 길 생명줄은 선사인들 예지이네
반구대 암각화 속에 뛰어노는 고래들

반구대 암각화 2

선사인 그린 그림 반구대 암각화들
호랑이 으르렁대고 멧돼지 뛰어가네
대곡천大谷川 깊은 산 속 마당 흐드러진 사냥감

돌 작살 박힌 고래 피바다 소용돌이치고
작은 배 일엽편주 물결에 휘둘리네
고래 떼 몰려올 때마다 풍년가를 부르네

온갖 것 동물 그림 선인先人들 식량이네
풍족한 수렵어로 삶의 터전 번창하고
격앙가 흥겨운 소리는 이루어진 큰 꿈들

반구대 암각화는 선사인들 교과서라
돌 쪼는 소리 속에 조상의 얼 그려 넣고
후손들 사냥 미술 익혀 풍족한 삶 누리세

반구서원

깊은 골 푸른 숲속 대곡천 변 언저리
우르르 몰려드는 아이들 조무래기
포은의 가르침마다 푸른 꿈을 새기네

솔바람 송홧가루 꽃바람 흩뿌릴 때
다소곳 앉은 아동 책 읽는 메아리들
솔깡불 밝게 비춘 곳 반구서원 빛나네

반구산 흐른 물이 포은대 휘감으고
문충공 새긴 뜻은 영원히 전해지네
올바른 학문 갈고닦아 동량지재棟梁之材 되게나

축제마당

춘향제

청허부淸盧府 들어서니 광한루 너른 정원
공연을 벌인 곳에 벌떼 같은 관람객들
춘향전 판소리 무대 울려 퍼진 소리판

흥부가興夫歌 무르익은 흥겨운 누각 마루
소리꾼 창唱을 따라 잉어들 춤을 추고
어얼쑤 좋다 추임새 만발 한 몸 되는 소리판

광한전 오작교 밑 은하수 흐른 곳에
누 백 년 완월정玩月亭에 옛 선비 노닐 거리고
춘향골 소리 펼친 곳 흥얼거린 소리판

광한 밖 거리 공연 몰려든 인산인해
참가한 단체마다 홍학들 춤을 추고
화사한 웃음꽃 피어난 곳 흥겨운 소리판

흥부제

흥부네 박을 타는 춘향골 사랑광장
휘날린 함성 속에 밤하늘 불꽃놀이
늦가을 첫추위에도 꿈을 먹은 남원 고을 흥부제

박충朴忠한 흥부네는 소문난 가난뱅이
제비의 보은 노래 판소리 무르익고
박 타는 흥겨운 소리 남원 고을 울리네

흥부가 춤을 춘다 흥부골 사람 모두
한여름 가꾼 박통 광한루 휘감으니
수확의 풍요로움 가득한 남원 고을 관광객

* 2013년 10월 12일 제21회 '흥부제'에 초청받아 참관함.

가람문학제

용화산 낮은 줄기 감싸 안은 가람 생가
찬실골 넓은 뜰에 열리는 문학 마당
강단 앞 시조 사랑 깃발 휘날리는 민족혼

햇살은 화사하게 가람 동상 비추오고
문학제 열기 속에 꽃피운 시조 향기
겨레의 얼 갈고닦아 새싹 틔운 진수당鎭壽堂

가람의 고고孤高하고 청정淸淨한 선비정신
오로지 시조 사랑 한평생 몸 바친 뜻
대한의 민족정기를 올곧게 키우려는 그 마음

해맑은 식전행사 가람혼 되살리고
일생을 시조연구 여강 선생 주제발표
파랑새 가득 날라 온 가람문학 꽃피네

* 2014년 가람시조문학제 9월 19-20일 참석
* 가람시조문학제 주제발표: 여강 원용우 교원대 명예교수

탱자나무*

승운정勝雲亭 앞마당에 한 그루 탱자나무
원추형 가지마다 고고한 인품 이뤄
가람의 시조 형상들이 주렁주렁 열렸네

억세고 뾰족한 가시 본심은 울타리인데
용화산 정기 받아 올곧은 가람수라
가람의 나라 사랑 뜻 가시마다 맺혔네

한 줄기 한 몸으로 수백 년 애증 속에
모질고 억센 풍상 오롯이 간직함은
가람의 민족혼 함양 이 겨레의 귀감일세

* **탱자나무**: 가람 생가 승운정 앞 400년 넘은 탱자나무

만해축전

팔월의 불볕 중완中浣 청년 만해 만나는 날
속세의 시인 묵객 모여든 만해마을
불佛제자 큰 가르침은 이 겨레의 선구자

백담계곡 구중궁궐 혈육을 끊은 사연
불심을 깊이 심어 정열을 꽃피우고
오로지 조국광복 꿈 용솟음친 민족애

복종은 삶의 근원 떠나간 님의 침묵
당신은 보았습니다 큰 별의 겨레 사랑
백담사 솟구치는 불꽃 만해축전 민족 얼

배움꽃

명지벌 너른 들판 철새들 날아든 곳
푸른 꿈 화들짝 핀 시니어 배움학교*
늘그막 칠순七旬 일흔 살 에덴동산 배움꽃

삼각주 오션시티 배움탑 우뚝 솟아
소록소록 꽃핀 들판 늙은이 호산나꽃
여든 살 팔팔八八 나이에 배움 학생 희망꽃

승학산 줄기 뻗어 펼쳐진 배움 동산
배우고 실천하는 호산나 노인학교
아흔살九旬 십순十旬 동리凍梨에 긍휼 배움 사랑꽃

늦둥이 애솔나무 시니어 아카데미
늙은 꿈 마음 밭에 젊은 꿈 꽃피우고
노인들 배움꽃 꽃잔치에 꽃잎 날린 꽃멀미

* **배움학교**: 호산나시니어 아카데미 2019년 3월 7일 개학

KIUC 대학 핀 꽃송이

뜨거운 불볕더위 유월의 마지막 날
훈풍을 가득 지고 달려간 KIUC 대학*
새 움튼 한글 교육 학교 몰려드는 학생들

순수한 마음꽃을 간직한 눈망울들
배우는 한글 공부 솟구친 열기熱氣 속에
화들짝 꽃 피우는 꽃봉오리 생명의 꽃 배움꽃

이념의 푯대들은 사랑의 큰 바람에
하나둘 꺾여지고 말씀꽃 잉태하네
우리들 한글 활동 심은 꽃 아름답게 꽃 피네

이민족 쏟은 정성 유목민 싱그러운 꽃
배움꽃 정성 들여 가꾸는 그 마음을
칠월의 키르기스스탄에 이글거린 불꽃들

* KIUC 대학: 2018년 6월 30일부터 7월 11일까지 키르기스스탄 KIUC 대
  학에서 한글 교육을 실시함.

쇼포코보 시장 초청 오찬

높은 곳 하늘정원 구름 깃발 실크로드
양치기 눈망울들 해맑은 자연이어라
청아한 마음 담아 초청한 쇼포코보 시장님

손님은 신의 선물 유목민 풍습 따라
말고기 양고기 듬뿍 온갖 것 과일 듬뿍
상다리 휘어지도록 오첩반상五-飯床 오찬장

오가는 인사말 속 정중한 손님맞이
음식 나른 시 의장님 부시장 대학학장
비슈케크 쇼포코시 시관사 시장 초청 오찬장午餐會

양 머리 구워삶아 나에게 주는 뜻은
외국인 노인공경 융숭한 손님 접대
전해 온 유목문화 속에 활짝 웃는 얼굴꽃

동기동창 상근이

세밑의 차운 바람 깊고 깊은 적막한 밤
재종형 운명한 날 초라한 상가집에
옛정을 되새김질하는 동기동창 문상객

외줄기 여린 떡잎 애향의 향기 뿌려
큰 재목 길러내는 춘향골 애향 운동
고향을 지키고 가꾸는 토담 골목 장군님

헤어진 수십 세월 늙바탕 소소백발
어릴 적 잔뿌리를 큰 줄기로 키웠구나
이제사 끈끈한 우정 다시 찾은 동창생

애향심 줄기줄기 곳곳에 뿌려 심어
밝은 빛 푸른 도시 청소년 애향 장학
남원골 애향운동본부 동기동창 김상근

오륙도 시낭송회

옛날의 양반들은 술 한 잔 마신 후에
세 줄기 시절가조時節歌調 새긴 뜻 읊조리고
옛 선비 대중음악 꽃 피운 3장 6구 시조창

화당의 오륙도는 시 낭송 모임이라
응축된 시어詩語따라 바닷물 춤을 추고
마음속 깊은 곳 울려 퍼진 소리 예술 빛나네

시인의 숨결마다 인생길 굽이치듯
오륙도 낭송회원 화사한 목소리는
시 속에 정겨운 음성들이 가득 담겨 꽃피네

겨레의 가슴 속에 단가短歌는 살아있고
읊조린 낭음朗吟들을 환호했던 남구민들
화당* 뜻 여명의 돋을 볕처럼 찬란하게 빛나라

＊ 화당: 시인 류수인의 호

빈객賓客

외사촌 혼삿날에 옛 친구 떠올라서
소식을 전했더니 단걸음 달려왔네
일자리 때 싹텄던 우정 변함없는 반가움

빈賓은 집구석에 찾아온 점잖은 손
객客은 잠시 동안 머물다 간 나그네이라
빈붕賓朋은 빈손으로 예식장에 달려 나온 반가움

오가는 술잔 속에 무르녹은 인간의 정
빈례賓禮의 잔칫상은 전해 온 풍속이네
빈연賓筵에 마당 가득한 떼구름 국빈 같은 즐거움

농자천하지대본
農者天下之大本

다랭이 논

갓밝이 휘돌아감은 설흘산 언덕배기
돌 깨는 정 소리가 예서 제서 울려오고
꺼랭이 돌덩어리 받침 쌓인 긴 줄 논둔덕

논뙈기 가꾸는 땅 온 마을 꿈이었네
허기진 배 움켜쥐고 기경起耕한 다랭이논
살뜰한 삶의 기질은 남해사람 신조라

은근과 끈기로써 쌓아올린 백팔층 계단
한 배미 수백 배미 넓은 하늘 펼쳐지고
그 이름 온 세상에 휘날리네 다랑마을 다랑논

비탈진 논두렁길 화사한 선의 예술
가천마을 삶의 번뇌 다랑마다 영글었고
찾는 이 떼구름 이루니 삿갓배미 빛나네

다랑 밭

가난한 우리 집엔 밭뙈기 하나 없다
안개꽃 핀 산자락 돌 캔 소리 메아리치고
다랑 밭 삼태기만큼 일구어 낸 어머니

움트는 나뭇가지 새봄이 몰려오면
돌 더미 나무 등걸 쌓이는 다랑 두렁
송기죽 한 사발 먹기도 힘든 보릿고개 그 옛날

손바닥 다랑이에 온갖 씨앗 뿌려 놓고
온종일 가꾼 곡식 어머니 혼불이네
새싹이 무럭무럭 자라 오곡백과 열렸네

밭고랑 이랑마다 온갖 곡식 심은 뜻은
여섯 남매 먹여 살릴 먹거리 마련이네
씨 모종 자라 익은 곡식 기다리는 어머니

어머니의 땅

밭이랑 여기저기 씨 모종 뿌려 심네

텃밭 솜등 밭뙈기 뒷골 논 다랑 샛터 쟁기낭골 어머니의 땅이 있는 곳마다 호박 감자 수수 조 콩 고구마 참깨 들깨 온갖 씨앗을 뿌리고 무논에 벼를 심고 밤낮으로 허리가 휘도록 일하고 가꾸었네 팔순 잔치 하루 앞두고 돌아가신 고향집엔 날 무딘 호미 망가진 괭이 삽 이빨 빠진 낫 부러진 톱날 멜빵 떨어진 지게 찢어진 바지게 휘어진 갈퀴 먼지 한 짐 지고 있는 쟁기 써레 도리깨 홀태들이 수북이 쌓여있네

자식들 고향 찾은 날 가꾼 곡식 아름 싸 준 어머니

오례쌀

오례쌀 올벼의 쌀 올벼쌀 햅쌀이네

황계黃鷄 백주白酒 부족할까 새우젓 계란찌개 상찬上饌으로
차려놓고 배춧국 무나물에 고춧잎 장아찌라 큰 가마에
안친 밥 태반殆半이 부족이라 새하얀 햅쌀밥을 한 숟갈
듬뿍 떠서 새빨간 김치 잎 펴 덮어 먹는 맛은 꿀맛이네

오례쌀 한 움큼은 농부의 피땀 흘린 생명 젖줄 먹거리

* 중장은 '농가월령가'에서 인용

올게심니

벼농사 배달겨레 생명줄로 이어오고
해마다 농사철 따라 벼 포기 옮겨 심고
지극한 정성으로 가꾼 첫 수확 쌀 오례쌀

추석 전 올게심니 햅 곡식 차린 음식
올벼 꺾어 풋벼 쪄서 말려 찧은 올벼 신미
조상께 햇곡식 올벼 쌀밥 세시풍속 천신제薦新祭

해마다 새봄이면 집집이 거덜 난 식량
허기진 배 움켜쥐고 보릿고개 넘긴 여름
올벼 쌀 노르스름한 햅쌀밥 맛 감칠맛

떡

그믐날 다가오면 바빠진 아낙네들
떡방아 찧는 소리 동네방네 울려오네
쌀가루 쌓이는 곳에 아낙네들 웃음꽃

가루 떡 시루에 쪄 떡메로 치는 소리
한 해가 저물어 가는 섣달그믐 가는 소리
가래떡 비벼 만든 손길 새해 첫날 맞이길

초하루 차례 음식 깨끗한 하얀 떡국
설날은 정조正朝 차례 조상께 세찬 떡국
오호라 천지만물들 새해 아침 맞는 날

아이 돌 백설기 떡 혼례 때 봉채 떡이
회갑엔 백편 꿀편 대보름 해원解怨떡들
떡 뭉치 배달겨레의 음식문화 꽃이네

고들빼기

푸른 빛 걸려 있는 실가지 버드나무 밑
여린 잎 고개 내민 쓴 나물 고들빼기
산기슭 언덕배기마다 나물 캐는 처녀들

꽃샘바람 머금으며 봄기운 맞이하고
겨우내 움츠린 몸 나들이 옷차림새
내 누님 손맛 자락 가득 고들빼기 뽑혔네

실바람 잎사귀에 쓴맛을 가득 담고
딤채 맛 우대 받은 밥상 위 쓴 나물들
어릴 적 쓴맛이 싫었던 고들빼기 김치네

명주바람 흠뻑 맞아 움트는 산나물들
민초들 보릿고개 넘나든 구황식물
이제는 건강식품 칭송 고들빼기 밑반찬

옥상텃밭 고추

햇빛이 옥상 텃밭에 소르르 내려오면
수줍은 고추들은 얼굴이 빨긋빨긋
새파란 아기 고초苦椒는 어린이집 원아들

빨간 상놈 푸른 양반 오롯이 자란 꼬치
햇살이 살포시 푸른 몸 비춰주면
길 다란 오금드리 얼굴 뻘그스름 변했네

갓난애 고치 같은 작은 것 옥상 고추
실농군 한 움큼 입속에 넣자마자
실눈에 송골송골 어우러진 눈물방울 맺혔네

보리밭길*

사람들 오가는 길 고향 길 샘솟는 길
시외버스 들락거린 가로변 보리 텃밭
청보리 경전철길 이고 줄을 지어 서 있네

파릇한 새싹들은 푸르른 꿈을 안고
낙동강 심술 바람 매서운 북풍 시샘
잎줄기 모지락스런 마음 견뎌내는 보리싹

옛 고향 그리움들 모가지에 매어달고
황금빛 익어가는 푸른빛 이야기꽃
꿈 가득 가로수 텃밭 보리 매어달린 향수여

* **보리밭길**: 부산의 사상 서부터미널 넓은 옆길, 경전철길 밑 길

싹쓸바람 미탁

누런 벼 물결치면 온천지 황금 물결
오곡이 무르익은 풍성한 풍년 농사
농부들 풍년 근심 속에 가을 태풍 설치네

늦은 비 앞세우고 물 폭탄 무더기 비
온종일 빗줄기로 주룩비 주룩주룩
바람비 장대비 되어 노대바람 된바람

늦장마 건들장마 휩쓰는 태풍 미탁
지구촌 온난화는 태풍 풍년 몰려드네
삼천리 산골 들녘 도시 방방곡곡 싹쓸바람 억수비

| 8부 |

진목별곡
眞木別曲

진목가 眞木歌*

백두대간 흐른 줄기 팔공산의 지맥 분기
솟구쳐서 보절면의 남원 팔경 천왕봉이
남북으로 곧게 벋어 울타리로 둘러쳐서
고절방과 보현방에 면면촌촌 사는 중생
만행산 한 줄기가 면면히 흘러내려
옥녀봉 우뚝 솟아 한 전설 감싸 안고
다뫼 숲 호복동 밑 좁은 들판 펼쳐 놓고
줄기 끝 당산자락 참나무정 진목마을
나이 모른 고목들이 마을 중앙 버텨 섰고
진주형씨 효자묘를 참나무가 호위하네
형세적의 효자정려 어필각이 자리 잡고
부모봉양 편히 모심 동방예의 최고일세
언양김씨 진주소씨 단양우씨 청주한씨
자자손손 오손도손 씨족 마을 화합하고
온 세상에 푸른 새싹 너른 들판 자운영꽃
붉은빛을 뿌려주면 활기 있는 농번기네
종달새가 하늘 높이 날아올라 지저귀면
보리·밀 밭고랑에 황금빛이 춤을 추네
보리 망종 지난 후에 보리타작 하자마자
유월하지 모내기가 농부들을 기다리네

남녀노소 어린아이 모두 모두 논밭 나가
푸른 꿈을 씨앗 뿌려 희망농사 지어보세
보리 감자 수확했던 무논에는 새 농사에
모를 심고 벼농사가 잘 되기를 빌고 있네
모내기 철 농번 방학 조무래기 어린이들
모판에서 모를 찌고 모춤 날라 일손 돕네
붉은 헝겊 달린 못줄 손자 손녀 줄을 잡고
어른들은 벼 모종을 못줄 따라 옮겨 심네
써레질~ 무논마다 줄지어 선 벼 포기가
푸른 옷을 갈아입고 명주바람 춤을 추네
농부들의 구슬땀이 송골송골 맺힌 곳에
일 년 농사 희망 꿈이 풍년가를 불러주네
칠월이면 불볕더위 김매기가 제철이라
벼 포기가 자란 곳에 무정하게 자란 잡초
뽑는 일에 농부 몸들 허리춤이 끊어질 듯
아기 모종 방긋 웃고 한들한들 인사하네
칠석 백중 호미 씻기 부침개를 부쳐놓고
탁주 한 잔 가득 부어 동네잔치 흥겨웁네
꽹과리 징 소리가 참나무정 울려 퍼져
조도루稻 올벼 모가지를 쏘옥 내민 너른 들판

벼포기 푸른 꿈이 황금 물결 파도칠 때
한가윗날 오려쌀을 신미新味* 조상신전
추석 차례 지낸 후에 진목마을 사람 모여
신도주新稻酒 올려 송편 풍년 잔치 춤을 추네*

* 1950-60년대 참나무정(진목마을) 풍경
* **신미**(新味): 새 쌀 맛
* **"조도**(早稻) **~ 춤을 추네"**: 농가월령가를 인용하여 변형함

참나무정 대장간 1

움츠렸던 나뭇가지 명주바람 불어오면
논다랑치 텃논들에 자운영꽃 활짝 피어
빨아간 물감들을 예 논 제 논 뿌려놓고
보리들이 무럭무럭 키를 재듯 자랄 때면
진목마을 뒷동산에 참나무들 잎새 바람
파릇파릇 싹이 돋고 소쩍새들 울어 대네
이맘때면 소 서방네 대장간도 문을 열고
봉제누나 이삿짐을 헛간 방에 풀어놓고
정리정돈 저녁나절 늦게 서야 끝이 났네
앞산 등성이 붉고 붉은 황토흙을 한 바지게
퍼 담아서 지게 지고 산줄기를 내려오니
꽃샘바람 시샘하듯 봉제애비 감싸주네
징검다리 훌쩍 건너 고삿골목 들어서니
마을 사람 눈인사에 손목 잡고 반겨주네
지푸라기 새끼줄로 괴발개발 얽은 몸통
얼기설기 얽은 삿갓 이쪽저쪽 두텁게도
흙손으로 발라주니 쇠를 달군 화덕 에미
화덕진군 불줄기는 무쇠붙이 다 녹이네
풀무샛서방 바람둥이 부엌 정지 들락날락
바람피워 불꽃 사니 아낙네들 인기서방

풀무 없인 화덕어미 힘 못 쓰고 시르죽네
구년묵이 모루장군 대장간의 으뜸이라
한가운데 자리 잡고 무게 있는 자태로다
야장들이 모두 모여 집게 메를 차례대로
대장장이 쓰는 연장 적재적소 배치하고
말뚝 박아 알림 간판 걸고 보니 경사로다
대장간신 올린 제사 음식 장만 집집마다
큰 시루떡 과평댁네 돼지머리 담양 아씨
나물 반찬 순천 할멈 막걸리 통 이장 아재
젯상 가득 차려놓고 마을 어른 축문 읽고
단골무당 굿거리장단 맞춰 신께 빈다
참나무정 마을신과 대장간에 널려 있는
쇠붙이 신 고로 영감 조왕신들 들으소서
불꽃들이 노는 집에 불기둥이 활활 솟고
소서방네 화덕 장군 불꽃 줄기 솟아올라
벌건 쇠부리 무쇠들과 호미 괭이 농사철에
쓰인 농기구 수리 수선 바로 하고 큰 망치로
두들기는 소리 화음 골목마다 울려 퍼져
쇠불 마을 이루소서 쇠붙이를 다룬 기술
방방곡곡 전파하여 산업발전 역군 되고
철강 강국 이룩하고 마을번영 축원하세
젯상 음식 내려놓고 서로 나눠 먹은 음복
한 잔 두 잔 잔이 도니 잔치 기분 돋아나고
제사 덕에 흥이 올라 주고받는 대화들과
꽹과리 소고 장구 울림소리 흥겨웁고

농악 소리 장단 맞춰 어깨들이 들썩들썩
발걸음도 가락 따라 이리저리 춤을 추네
진목마을 소고놀이 농악 중의 으뜸이라
대장간의 개업 놀이 새벽녘에 끝이 나네
논다랑치 논갈이는 모내기의 첫 전초전前哨戰
풀을 베어 논고랑에 밑거름을 장만하고
보리 망종 지난 후에 보리타작 바삐 하니
땅 파고 고른 쟁기 괭이 풀 베는 낫 김매는 호미
농사철에 망가지고 부러지고 이 빠지고
인간들이 병이 들고 아픈 몸이 허다하듯
그네들도 오래되어 노화되고 쓸모없는
쇠붙이로 전락하여 농부 손에 멀어지네
참나무정 대장간에 몰려오는 농기구들
환자 진료 일 순위는 화덕 에미 품에 안겨
바람잡이 손풀무가 들락날락 불어주면
불꽃송이 춤을 주고 농기구 환자 달궈지네
풀무질이 빨라지면 인간 번뇌 홍염紅焰 속에
녹아내리고 시우쇠가 품은 고뇌 쇳물 되고
대장장이 집게 손에 환자 호미 모루 장군
얹어 놓고 앞메꾼 봉제 누나 뒷메꾼 순천 할매
손자 우식 해머치고 망치로 두드리고
또 때리고 구부리고 다듬어서 모진 매질
엄청 맞네 두드림 속에 새 생명의 탄생이네
벼름질과 담금질은 대장장이 소서방 몫이네

참나무정 대장간 2

진목리 참나무골 그 옛날 대장간
쇠망치 맞는 소리 듣던 때가 옛날이라
연장을 벼루는 소리 낯이 익은 모습들

풀무질 들락날락 홍염紅焰은 춤을 추고
불길이 치솟으며 고로高爐는 이글거리고
삶의 길 타오른 불꽃 따라 녹아내린 번뇌라

시우쇠 뱃속 깊이 불꽃이 출렁이고
가슴 속 간직했던 철강국 비밀들은
대장간 용마루에 쌓인 농민들의 한이라

모루에 올려있는 시우쇠 몸통마다
벼름질 깜을 잡고 앞메꾼 휘둘릴 때
새 연장 탄생시키는 대장장이 예지라

여강* 인연

옷깃 한 번 스치는 것 전생에서 인연이라
스승 제자 이뤄짐은 일만 겁이 필요했대
청주벌판 너른 땅의 교원대학 대학원에
여강 선생 고전시가 가람슬기 강의했네
조상 얼이 살아있고 배달겨레 선비정신
자자손손 전해오는 시조 세계 펼치셨네
노랫가락 뿜어내는 사람 살이 삶의 세계
조상들이 물려주신 시조강의 열강 속에
대장간 풀무질에 홍염紅焰이 춤을 추듯
여강 선생 시조 사랑 이 나라의 불꽃이어라
금강송 곧은 줄기 산자락에 뿌리내리듯
푸른빛 끈질기게 시조강의 여강의 삶
그 삶 속에 녹아내린 시조의 꿈 팔순八旬꽃이어라

* **여강**: 시조시인 원용우(교원대학교 명예교수)의 호

| 김명길 시조 평설 |

진목眞木 마을에서
용이 태어나다

진목眞木 마을에서 용이 태어나다

시조시인 · 문학박사 | 원용우

문학과 인생은 부부 사이처럼 떨어질 수 없는 관계이다. 흔히 문학을 인간의 사상, 감정, 체험을 담는 그릇이라고 한다. 그러기에 문학이 없다면 인간의 사상, 감정, 체험을 담을 만한 마땅한 그릇이 없다고 보아야겠다. 그래서 문학을 인간학 또는 인생학이라 하는 것이다. 다시 말해서 문학 공부를 한다는 것은 인생 공부 또는 인간 공부를 한다는 뜻과 마찬가지라는 이야기다.

사람들이 이 세상을 살아가려면 우리 선인들은 어떻게 살아왔고, 현재 다른 사람들은 어떻게 살아가고 있는지를 알아야 한다. 그 아는 방법은 일일이 찾아다니면서 물어볼 수 없는 것이기에 시, 시조, 소설, 수필 등 고전 작품이나 현대 작품을 읽어보는 수밖에 없다. 그 작품들을 읽고서 성공한 이야기를 본받고 실패한 이야기를 취하지 않으면 된다. 그러나 이 세상을 지혜롭게 살아가고 보람과 가치를 창조하면서 살아가려면 문학작품을 열심히 읽고 실제로 문학작품을 창작해 보는 것이 가장 좋은 방법이라 생각한다.

문학에도 여러 갈래가 있는데, 김명길 시인은 유독 우리 시조에 관심을 갖고 천착하였다. 그러면 시조란 무엇인가? 시조는 고려 말경 유학자들에 의하여 만들어지고 가장 오랜 생명력을 지니면서 전승되어 오는 우리 민족 고유의 시가 형태이다. 그 시조의 특성은 정형시라는데 있다. 정형시이면서도 글자 수의 가감을 어느 정도 허용한다는 점에서 한시와는 다르다. 그렇더라도 우선은 3장 6구 12소절로 되어 있는 시조의 형식적 특성에 대하여 알아야 한다. 김명길 시인은 이러한 시조 형태의 매력에 이끌리어 문단 등단의 과정을 거쳤고, 한국시조시인협회, 여강시가회, 노령문학회, 시와 늪 문학회에 참여하여 문학 활동을 열심히 전개하였다. 제7회 시와 늪 문학상, 여강시가 작가상, 남원향토문화대상을 수상한 바 있다. 그 외도 호산나 시니어 문예창작반에서 후진들을 지도하고 계시니, 우리 시조를 보급하고 발전시키는 시조 운동가라 보는 것이 좋을 것 같다.

이처럼 뛰어난 역량을 갖춘 분이 이번에 첫 시조집을 상재하신다니 우선 축하의 말씀을 드린다. 그 작품들을 통람해 보니, 우리의 역사를 소재로 한 작품이 돋보이고, 향토의식이나 향토애 정신을 형상화한 작품이 많았다. 작품의 소재는 자연과 인간으로 나누어볼 수 있는데, 자연경관이나 자연미를 추구하기보다는 더불어 사는 인간의 삶에 관심을 더 기울인 것 같다. 시조가 인간의 생활이 되고 인간의 생활이 시조 형식으로 나타난 것 같다. 그래서 '시조생활'이란 용어도 생겨났던 것이다. 단시조보다는 연시조 쪽에 무게를 두었는데, 그만큼 호흡이 길고 할 이야기가 많다는 것을 의미한다. 이러한 전제 아

래 실제로 작품을 정독하면서 새로운 의미를 찾고 가치
를 부여해 보고자 한다.

1. 역사적 소재

> 떼 지어 몰려드는 고려 말 화적떼들
> 아지발도阿只拔都 앞세우고 살인 방화 약탈했네
> 양 같은 순한 배달겨레 비린내 큰 피해
>
> 왜구들 노략질과 약탈에 분노하여
> 석벽에 마랄 올이야 도자갈 다 자바시어
> 이태조 왜적들 섬멸한 황산대첩 빛나네
>
> 우리 민족 괴롭히고 분탕질한 왜구들은
> 이성계 활과 칼에 추풍낙엽 떨어졌네
> 냇물은 붉은 피로 물들어 흘러내린 핏빛 물
>
> 그날의 승전고를 비석에 새겼지만
> 강제 점령 일본인들 파괴한 비석 잔해
> 청사에 잊어서는 안 될 황산대첩 파비각
>
> — 〈황산대첩 파비각〉 전문

이 작품을 이해하기 위해서는 황산대첩에 대한 역사적 사실을 이해해야 한다. 고려 말기에는 왜구의 노략질이 격심했는데, 그들은 수도 개경과 얼마 떨어지지 않은 강화도와 예성강 근처까지 나타났다. 1380년 8월에 왜구들은 500여 척의 배를 타고 금강 어귀에 있는 진포(지금의 서천)에 상륙하는 일이 있었다. 이때 최무선을 지휘관으로 삼아 왜구를 물리치게 했는데, 적들은 쫓겨서 경상도의 상주, 충청도의 옥천 등지로 들어가 더욱 잔인한 약탈과 살상을 자행하였다. 이때 고려에서는 이성계를 지휘관으로 삼아 물리치게 했는데, 이성계는 남원의 운봉을 넘어 서북쪽의 정산봉으로 나아가 이지란과 더불어 왜구를 크게 무찔렀다. 이 싸움의 이름을 황산대첩이라 한다.

상기 작품은 이러한 역사적 사실을 형상화한 것이다. 제목은 〈황산대첩 파비각〉이고 4수로 구성된 연시조이다. 시대적 배경은 고려 말기이고 공간적 배경은 전북 남원시 운봉면 파비각이 세워진 곳이다. 그 왜적들을 화적떼라 하였고, 그 화적떼들은 아지발도를 앞세우고 살인 방화 약탈 행위를 자행했다는 것이다. 그래서 우리 쪽의 양민들이 죽임을 당하고 큰 피해를 입었다는 내용이다. 우리 민족을 괴롭히고 분탕질한 왜구들은 이성계의 활과 칼에 추풍낙엽처럼 떨어져 나갔고, 냇물은 붉은 피로 물들어 핏물이 되었다는 것이다. 이 황산대첩 전투가 얼마나 치열했고 참혹했는지를 보여주었고, 이태조의 황산대첩이 얼마나 위대한지를 '빛나네'라는 단어로 장식하였다.

이 작품의 제3수까지는 황산대첩이 있었던 고려 말의

이야기이고, 제4수는 일제 강점기에 일본인들이 그 대첩비를 파괴해 버렸다는 내용이다. 1943년 11월 조선총독부는 비문을 쪼고 비신을 파괴하였는데, 1977년에는 비각을 건립하고 파괴된 비석 조각물을 모아 안치하였다. 이러한 사실을 상기 작품 제4수에서는 "청사에 잊어서는 안 될 황산대첩 파비각"이라 결론지은 것이다. 이러한 작품은 우리들에게 애국심을 고취하려는 의도가 함유되어 있다고 생각된다.

<blockquote>

그 옛날 보름달이 오늘처럼 밝았었네
햇곡식 차례상을 조상께 올린 날에
왜이倭夷와 목숨을 건 전투 혈풍혈우血風血雨 남원성

조선을 지키려는 관군과 민초들은
삼일 낮 삼일 밤을 죽기로 싸웠건만
삼오야三五夜 휘영청 밝은 달밤 피비린내 남원성

이리떼 성을 유린 칼자루 휘두르며
성안의 온갖 사람 귀코를 베어가니
오호라 참으로 잔인한 강상지변綱常之變 남원성

삼종숙三從叔 삼종형제 온 가족 순국 영령
목 잘린 시체들이 나뒹구는 참혹함이여
한 굿일 묻은 큰 무덤 만인의총萬人義塚 남원성

</blockquote>

정유년 남원 고을 호국 영령 모셨으니
그날의 슬픔들을 되새긴 참배객들
이제는 편안히 잠드소서 만인무덤 선열들

— 〈만인의총〉 전문

"

　이 작품의 제목은 〈만인의총〉이다. 시대적 배경은 정
유재란이고, 공간적 배경은 남원성이다. 5수 연시조로
되어 있는데 각 수의 종장 끝소절이 '남원성'이라 되어
있고 제5수 끝 소절만 '선열들'이라 되었다. 만인의총은
전라북도 남원시에 있다. 정유재란 때 남원성이 함락되면서,
순절한 접반사接伴使 정기원 등의 8충신과 2천 명의 병사,
또 그 당시 억울하게 죽은 만여 명의 시체가 묻힌 곳이다.
　상기 작품은 정유재란 때의 우리 민족이 겪은 참혹한
상황을 가감 없이 진술하고 있다. 시기적으로는 음력 팔
월 한가위 때다. 보름달은 휘영청 밝고, 햇곡식으로 차
례 음식을 준비하는데, 왜이倭夷들이 쳐들어와 피바람을
일으켰다는 것이다. 이 상황을 작품에서는 "血風血雨"
라 표현하였다.
　조선을 지키는 관군과 민초들은 삼일 동안 밤낮으로
적을 대항해서 싸웠지만, 역부족이라 함락되었는데, 이
런 상황을 종장에서 삼오야三五夜 밝은 달밤에 피비린내
나는 남원성이라 하였다. 이리 떼들이 칼을 휘두르며 성
안의 사람들의 귀와 코를 베어갔다 하였는데, 이런 모습

을 잔인한 강상지변綱常之變이라 칭하였다.

　이 난리에 삼종숙三從叔 삼종형제三從兄弟 모두 돌아가셨다 하였고, 목 잘린 시체들이 거리에 나뒹군다고 하였다. 그 시체들이 묻힌 큰 무덤을 만인의총이라 이름 붙였다는 것이다. 그리고 제5수 종장에서는 "이제는 편안히 잠드소서 만인무덤 선열들"이라는 기도를 드렸다. 한마디로 이 작품에서는 비장미가 흐른다. 심하게 표현하면 분노가 솟아오른다.

2. 가족 사랑

"

초가집 오순도순 정겨운 삶의 터전
진목정 집집마다 호롱불 환히 켜고
후덕한 고향의 정이 꽃피웠던 그 옛날

어릴 적 높디높은 섬돌이 낮아졌고
온 가족 모두 떠나 홀로 된 고향집은
저 혼자 외로움 되새기며 빗물 줄기 스몄네

드넓은 마당 뜰엔 잡초가 무성하고
팽나무 뽕나무들 멋대로 자리 잡고
뒷마당 머귓대 군단 으스대며 자라네

설 추석 고향 찾던 육 남매 오지 않네
웃음꽃 피어나던 그날이 그리워서
고향집 적막감에 쌓여 흐느끼는 고요함

— 〈고향집 1〉 전문

이 작품의 제목은 〈고향집 1〉이다. 이 고향집은 부모,
형제자매 아무도 살지 않는 빈집이다. 이 작품은 다섯
수로 구성된 연시조이다. 이처럼 연시조가 5수 이상 되
면 조선 시대 장가長歌라 불리었던 가사의 성격을 띠게
된다. 그래서 서정적인 면보다는 서사적인 면이나 서경
적인 색채가 농후하게 된다.

이 작품을 읽어보면 김명길 시인의 자서전이라 해도
좋을 것이다. 시인 자신의 이야기이고 자기 집, 자기 마
을의 이야기이다. 그 고향집은 초가집이었고, 정겨운 삶
의 터전이었던 것이다. 전깃불이 안 들어오던 시대라 호
롱불을 켰던 시절이었지만 후덕한 고향의 정은 잊을 수
없다는 것이다. 이 작품은 시간상으로 현재의 이야기를
하는 것이 아니라 옛날의 이야기를 하고 있는 것이다.

제2수 초장에서는 "어릴 적 높디높은 섬돌이 낮아졌
다"라고 하였다. 섬돌의 높이가 낮아진 것이 아니라, 그
섬돌을 딛고서 사는 주인공이 성장해서 쉽게 넘을 수 있
다는 뜻이다. 이런 표현법을 역설법이라 한다. 역설법은
상식적으로 말이 안 되는 표현을 한 것이다. 실제로 섬

돌의 높이가 낮아질 수 없을 것이기 때문이다. 제2수에서는 온 가족 모두 떠나 홀로 된 외로운 집이라고 하였다. 이 부분도 자아가 외로운 것이지 집이 외로운 것은 아니라고 본다.

제3수에서는 빈집에 잡초만 무성하다는 것을 실감 나게 그렸다. 드넓은 마당에는 잡초가 무성하고, 팽나무나 뽕나무들이 멋대로 자리 잡고, 뒷마당에는 머긋대 군단이 으스대며 자라고 있다는 것이다. 이쯤 되면 폐가廢家나 마찬가지라고 생각된다. 명절 때면 고향집을 찾던 육매도 오지 않으니, 고향집은 적막감에 쌓여 흐느끼고 있다는 것이다. 한마디로 이 작품의 주제는 고향집이 그립고, 웃음꽃이 피어나던 그때가 그립다는 뜻이다. 또한, 유년의 추억을 잊을 수 없다는 것이다.

"

가난한 우리 집엔 밭뙈기 하나 없다
안개꽃 핀 산자락 돌 캔 소리 메아리치고
다랑 밭 삼태기만큼 일구어 낸 어머니

움트는 나뭇가지 새봄이 몰려오면
돌 더미 나무 등걸 쌓이는 다랑 두렁
송기죽 한 사발 먹기도 힘든 보릿고개 그 옛날

손바닥 다랑이에 온갖 씨앗 뿌려 놓고
온종일 가꾼 곡식 어머니 혼불이네

새싹이 무럭무럭 자라 오곡백과 열렸네

밭고랑 이랑마다 온갖 곡식 심은 뜻은
여섯 남매 먹여 살릴 먹거리 마련이네
씨모종 자라 익은 곡식 기다리는 어머니

— 〈다랑 밭〉 전문

이 작품의 제목은 〈다랑 밭〉이다. 김명길 시인의 고향에 있는 다랑밭이다. 다랭이 논도 있고, 다랭이 밭도 있는데, 다랭이 밭은 산지의 계곡이나 구릉지에 자연적으로 형성된 계단식의 작은 밭이다. 이 다랑밭은 김명길네 다랑밭이고, 직접 일구어 낸 다랑밭이다. 얼마나 집안이 가난했으면 "밭뙈기 하나 없다"라는 표현을 했겠는가? 그런데 어머니가 조그마한, 즉 삼태기만 한 다랑 밭을 일구어 냈던 것이다. 새봄이 되면 돌 더미 나무 등걸이 쌓이는 다랑이 두렁이다. 송기죽 한 사발 먹기도 힘든 보릿고개를 넘어야 한다. 손바닥 다랑이에 온갖 씨앗 뿌려놓고 모가지 내민 새싹들을 잘 가꾸어내야 한다. 그처럼 가꾸어낸 곡식들은 어머니가 온갖 정성 다 들였기에 어머니의 혼불 그 자체인 것이다.

그러면 밭고랑 이랑마다 온갖 곡식 심는 뜻은 무엇인가? 여섯 남매 먹여 살릴 먹거리를 마련하기 위해서이다. 그래서 제4수 종장에서는 "씨 모종 자라 익은 곡식

기다리는 남매들"이라 결론을 내렸다. 이 작품 역시 시
적 자아의 부모 사랑, 형제자매 사랑, 유년의 추억을 사
랑하는 의미가 함축된 것으로 이해된다.

3. 매화 향기

살갗을 파고드는 솔바람 꽃샘추위
엄니의 젖몽우리 부풀은 꽃망울들
손대면 툭 터질 것 같은 고운 맵시 꽃 가슴

쪽방 꽃밭 문밖 매화 성글게 핀 꽃송이들
쟁반이 두둥실 뜬 옥상 매화 청객홍객青客紅客
청홍매 은은한 향기 가득 감싼 진목가眞木家

방문을 두드리며 매향이 찾아오네
화들짝 문을 여니 청결한 소복 여인
고운 매 청초한 꽃옷을 곱게 입은 꽃여인

아뿔사 매향 취한 꿀벌 한 쌍 날아
수줍은 꽃송이마다 이 꽃 저 꽃 날아 앉아
나보다 먼저 입맞춤하며 매향찬미 부르네

— 〈매향〉 전문

이 작품의 제목은 〈매향〉이니, 매화의 향기라는 뜻이다. 매화는 예부터 사군자四君子라 불린 식물이다. 사군자는 그 무서운 추위 속에서도 의지를 굽히지 않는 생태적 특성을 유교의 윤리의식에 비유하여 절개와 지조의 상징물로 삼았다. 군자란 완전한 인격을 지녔다는 뜻인데, 여러 식물 중에서도 특히 매화, 난초, 국화, 대나무 이 네 가지를 사군자라 칭했던 것이다. 매화는 이처럼 군자의 상징물인데 이 작품에서는 청초한 꽃옷을 입은 꽃여인에 비유하였다고 본다. 이 작품의 계절적 배경은 이른 봄이고, 공간적 배경은 진목가이다. 그 매화나무에 꽃이 필 때는 꽃샘 추위할 때이고, 엄니의 젖 몽우리처럼 꽃망울이 부풀어 오를 때이다. 그 모습을 손대면 툭 터질 것 같은 고운 맵시를 지닌 아가씨라 하였다. 왜냐하면 "꽃 가슴"이란 젊은 아가씨를 대유代喩하는 말로 이해되기 때문이다. 이 매화는 쪽방 꽃밭 문밖에 피어 있다. 쟁반 같은 보름달이 떠 있는 옥상의 청객홍객青客紅客이다. 그 청홍매의 은은한 향기가 온 집안에 가득해서 진목가眞木家를 감싸고 있었던 것이다.

그런데 사람이 매화 향을 찾는 것이 아니라 매화 향이 자아를 찾아온다고 하였다. 그래서 창문을 화들짝 여니 청결한 소복 여인이 나타나더라는 것이다. 이때의 소복 여인은 매화꽃을 비유한 말로 읽힌다. 그 소복 여인을 청초한 꽃옷을 곱게 입은 꽃 여인이라 불렀다. 그런데 제4수에서는 매향에 취한 꿀벌 한 쌍이 날아들어, 수줍은 꽃송이마다 이 꽃 저 꽃 날아 앉는다고 하였다. 그 꿀

벌이 나보다 먼저 입맞춤하며 매향찬미 노래를 부른다고
하였다. 이 작품의 주제는 매화꽃을 꽃옷 입은 아름다운
여인이라 보았고, 그 여인에게서 나는 향기가 너무 좋다
는 것을 찬미하는 데 있다.

> 토곡산 흐른 정기 산자락 끝에 모여
> 벼랑길 비탈밭에 매화밭 매실 동네
> 순매원 흐드러지게 핀 매화꽃들 춤추네
>
> 꽃가지 그늘 밑에 매향에 취한 인파
> 시와 늪 꽃잔치들 올곧은 문학 활동
> 시 낭송 울려 퍼진 싯구詩句 소리 예술 꽃피네
>
> 책 나눔 손길마다 전하는 선비정신
> 매화꽃 한 아름에 웃음꽃 활짝 피고
> 시와 늪 책 구절마다 자연사랑 숨 쉬네
>
> 철길 옆 울타리에 걸려 있는 시화 그림
> 꽃향기 어우러진 걸개그림 빙자옥질氷姿玉質
> 어머나 매화꽃 가지마다 열려 있는 시와 늪
>
> ― 〈순매원의 시와 늪〉 전문

이 작품의 제목은 〈순매원의 시와 늪〉이다. 여기서 '시와 늪'은 '시와 늪 문학회'를 지칭하는 것 같다. 이 단체는 건강한 자연, 건강한 사람, 건강한 문학을 모토로 내건다. 본 문학회는 자연 생태계 중에서도 늪의 중요성을 문학적으로 승화시키는 작업을 해왔다. 늪은 인류가 형성되면서 인간사회의 생활환경과 구성에 중요한 역할을 해왔다. 날로 황폐화되어가는 자연생태계의 보존이라는 지상 명제를 널리 알리기 위하여 심혈을 기울인다.

바로 이러한 시와 늪 문학회가 순매원에서 시 낭송, 시화전 등의 행사를 진행하고 있는 것이다. 이 순매원은 토곡산 자락에 자리 잡고 있으며, 벼랑길, 비탈밭에 매실 동네를 이루었다. 그 당시 흐드러지게 핀 매화꽃들이 춤을 추고 있었다는 이야기다.

제2수에서는 시낭송회 하는 모습을 그리었다. 매향에 취한 인파들이 모여들었고, 시와 늪의 꽃잔치가 벌어졌고, 시 낭송 행사가 진행되었는데, 이 모습을 종장에서 "소리 예술 꽃피네"라고 표현하였다.

제3수는 이 문학단체에서 발간하는 책을 나누어주는 이야기이다. 그냥 책을 나누어 주는 게 아니고 선비정신을 전달하는 것이라 했고, 매화꽃 한 아름에 웃음꽃이 활짝 핀다고 하였다. 시와 늪 책 구절마다 자연 사랑이 숨 쉰다고 하였다. 자연 사랑이 바로 인간 사랑이란 것을 깨달아야 하겠다.

다음은 시화전에 눈길을 돌린다. 철길 옆 울타리에 시화 그림을 걸었다는 것이고, 그 시화 그림이 꽃향기와 어울

린다는 것이고, 매화꽃 가지마다 시화만 열려 있는 게 아니라 시와 늪까지도 열려 있다고 하였다. 여기서 매화 나무 가지에 열매가 열리듯이 시와 늪이 열려 있다고 표현한 것은 시적 표현의 절정을 이룬다. 이쯤 되면 물심일여物心一如, 주객일체主客一體라 표현해도 좋을 것이다.

4. 세시풍속

"
하이얀 눈송이가 흩날린 동짓날에
초가집 지붕마다 소록소록 쌓이는 눈
처마 끝 나란히 줄지어 매어달린 고드름

처마 안 절구통은 찹쌀 찧는 절굿공 소리
채를 흔들 때마다 하얀 가루 산이 되고
안반에 들어앉아서 새알 빚는 육 남매

어머니 가마솥에 장작불 활활 피워
펄펄 끓는 팥물 속에 새알심 넣으시면
두둥실 매화꽃처럼 피어오른 꽃송이

지난날 우리 남매 왁자지껄 먹던 팥죽
이제는 오지 않는 고향집 적막강산
동짓날 내외 빚은 옹심이 끓여 먹는 쓸쓸함

이 작품의 제목은 〈동지팥죽 2〉이다. 동지는 세시풍속에 해당한다. 세시풍속은 1년 4계절에 따라 관습적으로 반복되는 생활양식이다. 옛날부터 세시歲時, 세사歲事, 월령月令, 시령時令이라 불리었다. 한마디로 민중의 생활사라 할 수 있는 것이다. 동지는 1년 중에서 밤이 가장 길고, 낮이 가장 짧은 날로 동지팥죽을 끓여 먹는 것이 상례로 되어 있다. 상기 작품을 자세히 읽어보면 제3수까지는 과거사로 추억에 해당하고, 제4수는 현재 상황이면서 결론이다.

전반부는 작가 유년시절의 추억이다. 동짓날에 하얀 눈송이가 흩날렸고 초가집 지붕마다 소복소복 흰 눈이 쌓였다. 처마 끝에는 고드름이 나란히 줄지어 매달렸다. 그런 추억이 아름답게 떠오른다는 것이다. 제2수에서는 팥죽 쑬 때 빚는 옹심이에 대한 이야기이다. 처마 안쪽에는 절구통이 놓여있고 찹쌀을 찧는 절굿공 소리가 난다. 채를 흔들 때마다 찹쌀가루가 산처럼 수북하게 쌓인다. 그러면 육 남매가 둘러앉아서 새알 같은 옹심이를 빚는다.

제3수는 실제로 팥죽을 끓이는 광경이다. 어머니가 가마솥에 장작불을 활활 타게 피운다. 그 펄펄 끓는 팥물 속에 새알심을 집어넣으면 새알심이 두둥실 매화꽃처럼 피어오른다.

제4수는 동짓날의 현재 상황이다. 지난날에는 육 남

매가 모여서 즐겁게 떠들면서 먹던 동지팥죽이다. 지금은 육 남매가 뿔뿔이 흩어져 오지 않으니 고향집은 적막강산이 되었다. 그런 상황을 종장에서 "동짓날 내외 빚은 옹심이 끓여 먹는 쓸쓸함"이라 표현하였다. 이런 모습이 소위 산업화 시대의 특징인 것이다. 이처럼 있었던 사실事實을 있는 그대로 묘사하였으니, 사실주의事實主義란 말을 써도 좋을 것 같다. 한마디로 정겨웠던 그때 그 시절이 그립다는 것이다.

5. 남원 축제

"

청허부清虛府 들어서니 광한루 너른 정원
공연을 벌인 곳에 벌떼 같은 관람객들
춘향전 판소리 무대 울려 퍼진 소리판

흥부가興夫歌 무르익은 흥겨운 누각 마루
소리꾼 창唱을 따라 잉어들 춤을 추고
어얼쑤 좋다 추임새 만발한 몸 되는 소리판

광한전 오작교 밑 은하수 흐른 곳에
누 백 년 완월정玩月亭에 옛 선비 노닐 거리고
춘향골 소리 펼친 곳 흥얼거린 소리판

광한 밖 거리 공연 몰려든 인산인해
참가한 단체마다 흥학들 춤을 추고
화사한 웃음꽃 피어난 곳 흥겨운 소리판

— 〈춘향제〉 전문

"

이 작품의 제목은 〈춘향제〉이다. 춘향제는 대한민국 최고의 전통축제요, 공연예술 축제이다. 춘향의 사랑 이야기를 중심 삼고, 아름답고 행복한 세상을 만들고자 하는 것이 춘향제의 정신이다. 상기 작품 춘향제는 그 춘향제의 모습과 느낌을 생생하게 그렸는데, 각 수의 끝 소절에 "소리판"이란 각운을 쓴 것이 특징이다. 이처럼 "소리판"이란 단어를 반복하는 것은 강조하는 의미가 내포된 것이다.

제1수는 축제의 겉모습을 스케치한 것이다. 청허부 들어서니 광한루의 너른 정원이 나타났고, 공연장의 관람객들이 벌떼처럼 모여들어 인산인해를 이루었다는 것이다. 그야말로 축제 분위기가 사람들의 마음을 들뜨게 한다. 거기에 춘향전 판소리 한마당이 울려 퍼지니 흥겹고 신바람 나는 기분이다.

제2수에서는 흥부가에 대한 찬미이다. 초장에서 "흥부가 무르익은 흥겨운 누각 마루"라 했는데, 여기서도 누각 마루가 흥겨운 것이 아니고 구경꾼들이 흥겨워하고 있는 것이다. 소리꾼 창 소리에 잉어들이 춤추고, 어얼쑤 추임새 소리에 모두가 한 몸이 되었다는 것이다. 이처럼 많은 사람이 공감할 수 있게 하고, 또 그들을 하나로 묶을 수 있는 것은 음악의 위대한 힘이다.

제3수에서는 광한전 오작교 밑에 은하수가 흐른다고 했는데, 여기서는 속세가 아니고 천상 세계라는 것을 암시해 주고 있다. 완월정玩月亭이란 정자는 달구경 하는 곳인데, 여기서는 옛 선비들이 노닐고, 춘향골 소리 한판을 펼치는 곳이다. 한마디로 재미있고 흥겹다는 뜻이다.

제4수에서는 광한전 밖의 모습을 그리고 있다. 거리 공연 보러 몰려든 사람 물결, 단체마다 푯대를 앞세웠는데, 덩달아 홍학들이 춤춘다. 얼마나 흥겨운 모습인가? 축제 분위기가 사람들을 들뜨게 한다. 만나는 사람마다 화사한 웃음꽃을 피운다.

이제까지 김명길 시인의 작품세계를 살펴보았는데, 그는 단시조를 멀리하고 연시조를 즐겨 쓴다는 사실을 확인하였다. 김 시인의 작품들은 쉽게 이해되고, 공감되고, 조선 냄새가 나는 작품들을 주로 생산하였다. 유년의 추억을 되살려 형상화한 작품이 많았다. 누구보다도 우리 시조를 사랑하고 창작하고 교육해서 널리 보급한다. 그의 시조는 자서전 같은 느낌이 드는 것도 특징이다.

① 김명길 시인은 기억력이 좋아 경험한 것들을 그대로 재생시킨다.
② 미래지향적이기보다는 과거지향적 성격이 짙다.
③ 긍정적 인생관을 지녔다.
④ 전통시인이요 정격시인이다.
⑤ 말을 교묘하게 잘 부린다
⑥ 고향사랑, 가족사랑 정신이 넘친다.
⑦ 선비정신을 지녔다.

이외도 장점이 많지만, 더 열거하면 번거로울 것 같아 이만 생략한다. 더 좋은 작품을 많이 써서 시조 발전에 이바지해 주시기 바란다.

2021.07.05.

진목 眞木

김명길 시조집

초 판 인 쇄 | 2021년 10월 10일
발 행 일 자 | 2021년 10월 15일
지 은 이 | 김명길
펴 낸 이 | 김연주
펴 낸 곳 | 도서출판 성연
등 록 | (등록 제2021-000008호)경남 창원
홈 페 이 지 | https://cafe.daum.net/seongyeon2021
사 무 실 | 창원시 성산구 대원로 27번길 4(시와늪문학관 내)
디 자 인 | 배선영
편 집 인 | 성화룡
대 표 메 일 | baekim2003@daum.net
전 자 팩 스 | 0504-205-5758
연 락 처 | 010-4556-0573
정 가 | 12,000원
제 어 번 호 ISBN-979-11-973709-2-2 (13800)

이 도서의 출판예정도서목록(CIP)은
국립중앙도서관 서지정보유통지원시스템 홈페이지(http://seoji.nl.go.kr/)와
국가자료목록시스템(http://www.nl.go.kr/kolisnet)에서 이용할 수 있습니다.